회생무사 8

초판 1쇄 발행 2024년 11월 25일

지은이 ∣ 성상현
발행인 ∣ 최원영
편집장 ∣ 이호준
편집디자인 ∣ 박민솔
영업 ∣ 김민원 조은걸

펴낸곳 ∣ ㈜ 디앤씨미디어
등록 ∣ 2002년 4월 25일 제20-260호
주소 ∣ 서울시 구로구 디지털로32길 30 코오롱디지털타워빌란트 1301-1308호
전화 ∣ 02-333-2513(대표)
팩시밀리 ∣ 02-333-2514
E-mail ∣ papy_dnc@dncmedia.co.kr
블로그 ∣ blog.naver.com/gnpdl7

ISBN 979-11-364-5805-6 04810
ISBN 979-11-364-5380-8 (SET)

회생무사

성상현 신무협 장편소설

8

PAPYRUS ORIENTAL FANTASY

PAPYRUS
파피루스

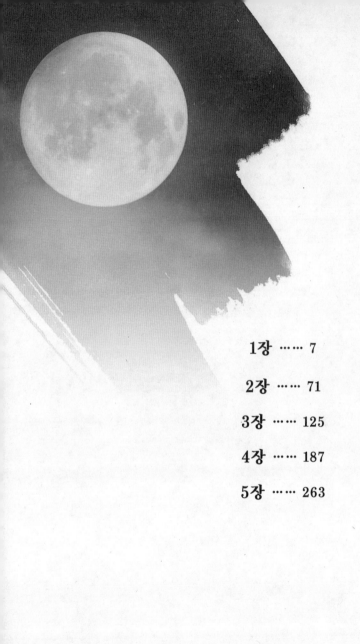

回生武士

1장

1장

회피도, 방어도 불가능.

내공이 봉쇄당한 혼돈대마는 장평의 정타를 얻어맞고 그대로 쓰러졌다.

털썩.

바닥에 떨어진 그의 몸이 꾸물거렸다.

'처음 보는 현상이군.'

그러나 장평은 개의치 않았다. 사술이건, 아니면 사술이 풀리는 것이건 상관없었다.

때릴 곳이 있으니 주먹을 꽂아 넣을 뿐이었다. 야만적이고 흉악한, 사람을 맨손으로 때려 죽이기 위한 공격을.

쾅! 쾅!

장평의 주먹은 혼돈대마의 머리를 후려쳤다.

인체에서 가장 단단한 골격이 두개골.

적과 마찬가지로 내공이 봉해진 장평이 깨부수는 것은 어려운 일이었다.

하지만 장평은 머리를 부서트릴 필요가 없었다.

'뇌를 노린다.'

인체에서 가장 취약한 기관이 뇌.

가장 사소한 충격으로도 가장 큰 타격을 입기에, 두개골이라는 방어구를 두른 것이었다.

"만취해라, 혼돈대마."

주먹과 대지를 망치와 모루로 삼아, 두개골 속 뇌를 진탕시키는 흉악한 타격법!

"내가 베푸는 폭력에!"

혼돈대마의 정신이, 그리고 육체가 뒤흔들리기 시작했다. 독주에 만취한 사람처럼, 혼돈대마는 흐느적거릴 뿐이었다. 오직 주먹이 꽂힐 때마다 움찔거리기만 할 뿐이었다.

"끅…… 끅…….."

손맛이 전해 주고 있었다. 혼돈대마가 완전히 '취했다'는 것을.

장평이 만취한 혼돈대마의 숨통을 끊기 위해 주먹을 멈춘 순간.

"……?"

장평은 자신의 몸 아래 깔린 사람이 바뀌었다는 것을 깨달았다. 혼돈대마는 더 이상 너무 평범해서 오히려 이상할 정도인 평범한 중원인 중년 남성이 아니었다.

'여자?'

버들가지처럼 가늘고 날렵한 체형을 가진 갈색 피부의 미녀였다.

'이게 혼돈대마의 원래 모습인가?'

원리는 모르겠지만, 태허합기공에 의해 내공이 끊기면서 변장이 풀리고 원래 모습으로 돌아간 모양이었다.

'키와 체격이 작고 근육이 적다. 이래서 근접전에서 호연결에게 밀렸던 거로구나.'

그간의 전황이 납득이 가는 순간이었다.

장평은 잠시 혼돈대마를 바라보았다.

본래는 도도하고 자신만만한 인상이었겠지만, 지금은 여기저기 부어오르고 찢어진 처참한 몰골의 얼굴을.

'피부색이 다를 뿐, 인간은 인간. 급소가 다르지는 않겠지.'

도축장의 백정처럼 차가운 눈으로 뜯어보았다.

남자인지, 여자인지는 중요하지 않았다. 한인인지 외국인인지도 중요하지 않았다.

'백면야차는 죽어야 한다.'

바뀌는 것은 아무것도 없었다.

장평의 몸 아래 깔린 것이 그인지 그녀인지 상관없었다. 혼돈대마는 마교도였고, 마교도라면 죽어야 했다.

'백면야차에 관련된 모든 이도.'

장평은 자세를 고치고 다시 주먹을 들어 올렸다. 갈비뼈를 예리하게 부러트려 스스로의 내장을 찌르게 만들 작정이었다.

"살려…… 주…….."

폭력에 만취한 혼돈대마는 떠듬떠듬 애원했다.

"나는…… 여기서…… 죽을 수는 없……."

퍼억!

장평의 주먹은 그녀의 말을 끊으며 갈비뼈를 부러트렸다.

따를 이유는커녕, 들을 이유조차 없는 잡음이었기 때문이었다.

'정신이 나가긴 했나 보군.'

혼돈대마의 애원은 장평의 비웃음을 불러올 뿐이었다.

그러나 장평은 잊고 있었다.

"하아아아!"

이곳에 그들 두 사람만 있는 것이 아니라는 사실을.

콰앙!

저 멀리서 폭음이 들려왔다.

"크악!"

"커억!"

천지가 뒤흔들리는 폭음과 동시에, 무언가가 바닥이나 벽에 처박히는 둔탁한 소리들이 연이어 들려왔다.

"……!"

고개를 돌리기도 전에, 장평은 깨달았다.

'흉수대마!'

혼돈대마는 장평이 아닌, 흉수대마에게 말한 것이었다.

자신을 구하러 오라는 명령을!

'치잇!'

장평은 다급히 몸을 굴리며 몸을 일으켰다.

역시나 흉수대마가 질풍처럼 날렵하게 달려오고 있었다.

'너무 늦었…….'

만반의 상황에서도 어찌하지 못할 최상위 포식자가 완벽한 기습까지 펼치고 있었다.

장평은 온몸의 피가 얼어붙는 것을 느꼈다.

'죽는다!'

그 순간, 어느새 쇄도한 백리홈이 장평의 앞을 가로막았다.

"장평! 피하게!"

"백리 대협!"

쇄도하는 죽음. 무의미한 저항.

모든 것이 멈춘 듯한 그 순간.

나직한 목소리가 발치에서 들려왔다.

"멈춰……."

콰악!

흉수대마는 발을 바닥에 꽂아 강제로 돌진을 멈췄다.

그녀는 장평이나 백리흠이 아닌, 혼돈대마를 바라보았다. 명령을 기다리는 눈으로.

"명령해요, 혼돈대마."

장평과 백리흠은 혼돈대마의 목숨을.

흉수대마는 그 장평과 백리흠의 목숨을 손안에 두고 있었다.

흉수대마의 등 뒤에서 무사들이 하나둘씩 일어나고 있었지만, 그들이 무슨 짓을 해도 흉수대마보다 빠를 수는 없었다.

순간 정적이 있었다. 사방의 모두가 찌릿찌릿한 긴장감 속에서, 경거망동할 수 없는 대치 상황이 이뤄진 것이었다.

금세라도 끊어질 것 같은 팽팽한 긴장감 속에서 혼돈대마는 휘청거리며 몸을 일으켰다.

"우웨……."

그녀는 피가 섞인 토사물을 토해 내고는 장평을 노려보
았다. 혼돈대마는 짐승처럼 으르렁거렸다.

"봤겠다……! 내 맨얼굴을……!"

"봤다. 당연히."

무자비하게 주먹을 꽂아 넣던 장평은 무표정한 얼굴로
조롱했다.

"때리기 미안할 정도의 미인이더군."

혼돈대마는 살의가 이글거리는 눈으로 장평을 노려보
았다. 승패나 생사가 아닌, 그 이상의 정념이 들끓어 오
르는 모양이었다.

"……오늘의 굴욕은 결코 잊지 않겠다."

"도망치는 자의 말이로군."

장평과 혼돈대마는 서로를 바라보았다.

"물러나 주는 것을 고맙게 여겨라."

"도망치게 놔둘 것 같으냐?"

혼돈대마는 끓어오르는 살의를 애써 눌러 앉히며 말했
다.

"다시 싸움이 벌어지면, 사방 백 장 안에 오직 한 사람
만이 남을 것이다. 흉수대마 한 사람만이."

"그렇겠지."

장평은 부정하지 않았다.

"하지만 필두 대마의 목숨이 판돈이라면, 도박할 가치

가 있겠지."

"허세 부리지 마라, 장평. 결과가 명백한 계산이잖나."

혼돈대마는 차갑게 말했다.

"마교는 나를 대체할 사람을 양성할 수 있다. 하지만 중원에서는 너를 대체할 사람을 키울 수 없지. 물러나 줄 때 얌전히 받아들여라."

장평은 호연결을 바라보았다. 그리고 팽대추도. 크고 작은 상처를 입은 그들은 눈빛으로 대답했다.

장평의 결정대로 하겠다는 대답을.

혼돈대마를 돌아본 장평은 차분히 말했다.

"조건은?"

"우리의 뒤를 쫓지 마라."

"왜 그래야 하지?"

"그렇지 않으면, 흉수대마의 봉인을 푼 채로 움직일 것 이다."

흉수대마는 지금 이 순간에도 혹한동살기를 발하고 있었다. 약하면 약할수록 치명적인, 신체 기관을 점점 마비시키는 유형의 살기를.

흉수대마는 그야말로 살아 움직이는 자연재해나 다름 없었다. 노약자와 민간인일수록 치명적인, 악의를 띤 자연재해.

"혹시 모를 일이지. 너 하나 정도는 죽일 수 있을지도."

"만약 나를 죽인다면, 흉수대마를 중원에 풀어놓겠다. 무림인들과의 교전을 피하며 최대한 많은 인명 피해를 내라는 지령과 함께."

장평은 비웃었다.

"기댈 곳이 있어서 참으로 좋겠구나. 얼빠진 작전을 짜더라도 빠져나갈 구멍이 있으니."

"그래. 좋구나."

혼돈대마는 비릿한 미소를 지으며 말했다.

"대책이 없다는 것을 납득한 네가 냉소밖에 보내지 못하는 모습이 참으로 좋구나."

"……."

"자, 선택해라. 너를 비롯한 무수한 목숨들을 내던지며 나를 죽일 것인지. 아니면 다음 기회를 노릴 것인지를."

장평은 호연결과 팽대추를 바라보았고, 그들도 같은 생각임을 확인했다.

"세 시진을 주마."

장평은 퉁명스레 말했다.

"그 뒤엔 쫓겠다."

"세 시진이나 시간이 있는데, 쫓을 수 있는 단서를 남길 것 같으냐?"

협정이 체결되자, 아무렇지도 않은 척 허장성세를 벌이던 혼돈대마는 피를 울컥 토해 내며 그 자리에 무너져 내렸다. 그녀의 얼굴은 이미 누렇게 뜨기 시작한 상태였다.

'부러진 뼈가 간을 찔렀다.'

즉사해도 이상하지 않은 치명상이었다. 아무리 초절정 고수라고 해도 영약을 먹거나 꽤 오랜 기간 정양해야 하리라.

흉수대마가 다가와 혼돈대마를 들어 안았다.

"치료는 안전한 곳에서 하죠?"

"……그러지."

흉수대마는 장평을 바라보았다.

"선전에 감탄했어요. 여전히 인상적인 판단력이더군요. 사랑스러운 장평 대협."

그녀는 좀 전까지의 흉악한 손속이 믿어지지 않을 정도로 순진무구한 미소를 보냈다.

"다음에 또 봐요. 가능하면 적이나 무인으로서가 아니라, 남자와 여자로서."

"그건 내가 부탁하고 싶은 일이구려."

장평의 중얼거림은 진심이었다.

북궁산도는 순진하면서도 사랑스러운 미인이었지만, 흉수대마는 꿈에서조차 만나고 싶지 않은 강적이었다.

파앙!

싱긋 웃은 흉수대마는 밤하늘 너머로 사라졌다. 멀어져 가는 흉수대마를 보며, 호연결이 나직이 물었다.

"정말로 쫓지 않을 생각인가?"

"가용 전력이 부족합니다. 흉수대마와 동급의 고수, 혹은 최소한 초절정고수 세 명 이상이 필요합니다."

장평은 차분히 말했다.

"그것도 저쪽에서 도망치지 않고 맞서 싸워야 하는 상황을 만들어야 하고요."

만약 자신을 제압할 전력이 갖춰진다면, 흉수대마는 교전하는 대신 도주하는 쪽을 택하리라. 그렇게 되면 또 상황이 복잡해질 수밖에 없었다.

"확실히 그건 그렇겠군."

흉수대마는 호연결과 같은 부류의 인간이었다. 스스로의 감정과 판단보다도, 자신보다 현명한 타인의 판단을 우선시한다는 점에서.

무인으로서의 자존심이 없는 그녀는 명령만 있다면 무슨 짓이건 벌일 수 있었다.

장평이 그녀들을 보내 준 것도 그 때문이었다. 혼돈대마의 명령이 떨어진다면, 흉수대마는 정말로 대량 학살을 벌일 수 있었으니까.

"그럼 우리는 앞으로 계속 당해야만 하는가? 흉수대마를 막을 방법이 없기에?"

"있습니다. 우리에게도."

장평은 호연결을 바라보았다.

"흉수대마와 맞먹을, 아니, 그녀보다 더 강해질 비장의
패가요."

"……그렇군."

천생투신 척착호. 속을 채우기만 하면 되는 완성된 그
릇이.

"자, 그럼……."

난장판이 된 하북팽가를 바라보며, 장평은 긴 한숨을
내쉬었다.

"긴 하루가 될 것 같군요."

현실이 그를 기다리고 있었다. 짧은 교전의, 긴 뒤처리
가.

"그래. 그렇겠지."

호연결은 무미건조한 눈으로 백리흠을 바라보며 말했
다.

"아직, 우리에겐 처리할 일이 많지……."

* * *

날아가는 흉수대마의 품속에서 혼돈대마는 계속 시커
먼 피를 토해 내고 있었다.

"무사한가요, 혼돈대마?"

흉수대마는 고개를 끄덕였다.

"예······."

그녀는 힘없는 목소리로 '북궁산도'의 얼굴을 올려다보았다.

"미안해요, 북궁산도 언니······."

전투가 끝났으니, 흉수대마도 끝났다.

북궁산도는 온화한 미소를 지으며 말했다.

"괜찮아, 파리하. 옷은 빨면 되고, 몸은 씻으면 되니까."

"옷 말고요."

혼돈대마 파리하는 이를 악물었다.

"작전. 제 작전이······ 또 실패했잖아요."

"실패할 수도 있지 뭐."

북궁산도는 상냥한 말투로 말했다.

"사람의 일이란, 사람의 계획대로 이뤄지지 않을 수 있는 거야."

"아니에요. 제가 잘못했던 거예요. 언제, 어딘가에서 뭔가를 잘못했던 거예요."

그녀는 흐느끼며 말했다.

"그렇지 않다면 제 계획이 무너질 리가 없어요. 이렇게까지 실패할 수가 없어요."

"네 단점을 찾지 말고, 네 적의 장점을 찾으렴. 그래야 다음번에는 좀 더 잘할 수 있을 테니까."

"언니가 없었어도 제게 다음번이 있었을까요?"

"내가 네 곁에 있는 동안에는 다음번도 있다고 생각하는 편이 낫지 않을까?"

파리하는 흐느꼈다.

"아파요. 상처가 너무 아파요."

몸의 상처가 아니었다.

자존심에 난 상처였다.

"장평. 그 악적이 제 진짜 얼굴을 봤어요."

아녀자의 얼굴을 본 외간 남자는 죽어 마땅했다. 그것이 그녀가 속한 문화권의 풍습이었다.

"부족의 율법을 지켜야 해요. 반드시, 반드시 그를 죽여 독수리 밥이 되게 만들 거예요."

"죽이는 것이 풍습이라지만, 다른 방법도 있지 않니?"

그 외간 남자를 남편으로 삼는 것 또한 풍습이었다.

북궁산도는 웃으며 말했다.

"그는 현명하고 용맹하니, 네가 남편으로 삼기에 부족함이 없는 사내기도 하고."

"싫어요. 그가 미워요. 제게 두 번이나 굴욕을 준, 본교의 대마를 셋이나 죽인 그가 증오스러워요. 그런데 어찌 그런 흉적을 남편으로 삼겠어요?"

"사람의 삶은 뜻대로 되지 않는 법이란다, 파라하. 죽음과 마찬가지지. 그저 주어진 것을 받아들일 뿐."

북궁산도는 온화한 미소를 지으며 말했다.

"죽고자 하는 자도 때가 되기 전까지는 살고, 살고자 하는 자도 때가 되면 죽을 뿐. 좋고 싫음 사이에 삶과 죽음을 섞지 말렴."

"언니의 운명론은…… 정말 비과학적인 사고방식이에요."

"비웃고 싶으면 비웃으렴. 내 생각은 변함이 없으니."

북궁산도는 조용히 말했다.

"내 마음가짐이 날 강하게 해 주었으니, 나도 내 마음가짐에게 보답을 할 뿐이야."

"정말로…… 비과학적인 말이에요……."

"그래. 나는 너나 장평처럼 사람을 움직일 수 있는 책사도, 교주님처럼 세상을 움직일 수 있는 신인(神人)도 아니니까."

북궁산도는 소박한 미소를 지었다.

"내 안목은 짧고 앞일은 알 수 없으니, 그저 내게 주어진 운명을 따를 뿐이야."

"그 운명이 뭔데요?"

"나도 몰라. 나는 멍청하니까."

북궁산도는 해맑은 미소를 지었다.

"하지만 나보다 똑똑한 사람들, 너나 교주님의 명령을 따르다 보면 알게 되지 않을까?"

북궁산도는 어느 이름 모를 산속에 착륙했다. 그녀는 적당한 위치에 누울 자리를 마련하고 파리하를 눕혔다.

"조금 기다리렴. 불 피울게."

그때, 파리하는 손을 뻗어 북궁산도의 소매를 힘없이 움켜쥐었다.

"무서워요, 언니. 춥고 몸이 떨려요."

파리하는 몽롱한 얼굴로 웅얼거렸다.

"장평이 무서워요. 미운데, 죽이고 싶은데. 밉고 죽이고 싶은 만큼이나 두려워요."

출혈이 심하고 부상이 깊었다. 안색이 희게 질린 파리하는 평소라면 결코 보이지 않을 연약한 모습으로 속삭였다.

"제가 장평을 이길 수 있을까요? 만반의 준비를 갖춰 놓아도 모든 것을 뒤엉키게 만드는 저 혼돈의 현신(現身)을?"

"괜찮아, 파리하. 네가 그렇듯이 장평도 사람에 불과해. 보렴. 이번 기회에 장평을 죽이자는 네 작전은 실패했지만……."

북궁산도는 잔잔한 미소를 지으며 말했다.

"……백리흠을 북경으로 들여보내라는 교주님의 지시는 성공했잖니?"

부상자는 있어도 인명 피해는 없었다.

덕분에 하북팽가의 뒷정리는 깔끔하게 처리되었다.

물론, 깔끔하다고 해서 만족스럽다는 뜻은 아니었다.

"아이고. 삭신이야. 온몸에 멀쩡한 구석이 없구면."

온몸에 붕대를 둘둘 감은 팽대추는 진심 반, 엄살 반으로 앓는 소리를 했다.

"검후는 대체 뭔 재주로 저 짐승을 혼자서 붙들어 두었던 거람?"

흉수대마의 움직임은 단순하고 직선적이었다. 수싸움은 커녕 허초도 없이 본능적으로 움직일 뿐이었다.

하지만 강했다. 그리고 빨랐다.

가벼운 견제도 정타처럼 묵직했고, 정타는 다른 이들의 절초에 맞먹었다. 하물며 힘을 모아 펼치는 절초급 공격은 타의 추종을 불허했다.

"사실상 호 형이랑 내가 둘이서 덤빈 거나 마찬가지였는데 말이지."

이기어검을 왼손으로 움켜쥔 상황. 상당량의 내공을 소모하면서도 팽대추와의 난타전에서 승리를 거두었다.

팽대추가 워낙 강골이니까 숨통이 붙어 있는 것이지, 평범한 초절정고수였다면 공중에서 맞아 죽었어도 이상하지 않은 상황이었다.

장평은 웃으며 말했다.

"악양 사태 때의 검후께서는 간격을 주지 않고 원거리 전을 펼치셨습니다. 그것도 수면 위에서요."

"……우리가 그랬다면 혼돈대마에게 당했겠지?"

만약 두 대마의 위치가 바뀌었다면, 끔찍한 참사가 일어났으리라.

"예."

"그래. 그건 그렇다 치고."

팽대추는 엉망진창이 된 장원을 힐끗 바라보았다. 그는 넌지시 말했다.

"무림맹은 심문 장소를 빌려 달라고 했지, 싸움터를 빌려 달라고 하진 않았던 거 같은데?"

호연결은 대답하는 대신 장평을 빤히 쳐다보았다. 명백한 떠넘기기였다.

'자기가 상관이면서…….'

장평은 내심 투덜거렸으나, 호연결이 장평의 지시대로 움직인 것도 사실이었다.

결국 장평이 나서서 보증해야 했다.

"……보상안에 대해 보고하겠습니다."

무림맹이 하북팽가에 대한 빚과…….

"장 형, 조만간 술이나 한잔합시다."

"그럽시다."

……팽위도에게 개인적으로 진 빚까지.

장평은 한숨을 내쉬었다.

어쨌건, 이제 남은 일은 돌아가는 일밖에 없었다.

"가시죠, 부장님. 그리고 백리 대협."

"그 전에 확인할 것이 있다."

그 순간, 호연결이 무표정한 얼굴로 물었다.

"백리흠의 신원은 확실한 건가?"

백리흠은 미간을 찌푸렸다. 그러나 그는 현명하게도 아무 말 하지 않고 침묵했다.

그러자 장평이 변호했다.

"제 판단으로는 그렇습니다."

"혼돈대마는 백리흠을 공격하지 않았다."

장평이 운기조식을 마치고 일어났을 때, 혼돈대마는 후속 공격을 펼치지 않았다.

"부장님이 곧바로 혼돈대마와 교전하셨기 때문이지요."

"내가 파고드는 동안에 틈이 있었다. 적어도 두 발 정도는 쏠 틈이."

장평은 고개를 갸웃거렸다.

"저는 그럴 틈이 없었다고 봅니다만……."

"나는 너보다 고수다. 고수에 대한 안목은 내가 더 정확하다고 생각하지 않나?"

정론이었다.

장평은 한발 물러나서 말했다.

"궤도상에 부장님이 계셨으니, 쏘았다 해도 부장님에게 차단당했을 겁니다. 그리고 혼돈대마도 사람이니 비장의 수가 막힌 상황에서 당황했을 수도 있지요."

"그럴 수도 있지. 아닐 수도 있지만."

호연결은 말을 돌렸다.

"하지만 마지막 순간 흉수대마가 쇄도할 때, 혼돈대마는 그녀를 제지했다. 너와 백리흠을 동시에 죽일 수 있는 기회임에도 불구하고."

"그 또한 합리적인 판단이었습니다. 지휘권을 가지고 있는 제가 살아 있어야 퇴각 교섭을 할 수 있으니까요."

"그렇게 생각하는가?"

"예."

"알았다."

호연결은 담담히 말했다.

"생각하는 것은 내 몫이 아니니, 네 판단을 따르겠다."

"예, 부장님."

장평은 백리흠을 바라보았다.

"가시죠, 북경으로. 맹주님의 든든한 우산 아래로."

백리흠은 어두운 표정으로 고개를 끄덕였다.

"그러지."

세 사람은 가능한 한 빠르게 움직였다.

절정고수의 경공술과 권력자로서 역마 사용권, 그 외의 여러 가지 권한들을 사용하여 빠르게 북경에 도착했다.

그들이 북경에 도착하자, 익숙한 얼굴이 기다리고 있었다.

"공주님이 기다리고 계십니다."

장신구 상인이었다.

"어디서?"

"맹주실 지하에서요."

"여독을 풀 시간도 없이? 먼지 때문에 목이 말라붙었는데 그리운 북경의 백주 한 사발 들이킬 시간도 없단 말인가?"

백리흠이 투덜대자, 장신구 상인은 웃었다.

"정 피곤하시다면야 시간을 늦추어 달라 말씀드려 보겠지만, 두 다리 쭉 뻗고 주무시려면 보고부터 하시는 편이 낫지 않겠습니까?"

따라오지 않으면 위험인물로 간주하겠다는 은근한 협박에, 백리흠은 미간을 찌푸렸다.

그가 뭐라고 대꾸하려는 찰나, 장평은 웃으며 말했다.

"갑시다. 술은 몰라도 차 정도는 준비해 뒀겠지요."

"그러세나."

그때, 호연결이 말했다.

"나는?"

"예? 부장님이요?"

장신구 상인은 난처한 표정을 지었다.

"공주님께서는 별 얘기 없으셨습니다만······."

보통 호연결은 이런 '어려운 얘기'에는 불참하기 마련이었다. 그는 마를 베는 검.

논의의 결론대로 행동하는 사람이지, 의논하는 사람이 아니었다.

"내가 동석하지 말란 말이 없었다면, 동석해도 되겠군."

백리흠은 호연결을 바라보았다.

"저 때문입니까?"

"너에 대한 장평의 판단이 내가 본 것과는 다르다. 나는 내가 본 것을 보고해야 한다고 생각한다."

백리흠은 좀 더 직설적으로 물었다.

"제가 미소공주를 해치기라도 할 것 같아서 동석하시는 겁니까?"

"그렇다고 생각하지는 않는다. 너는 장평이나 호룡반(護龍班)이 곁에 있는데 허튼수작을 부릴 정도의 멍청이는 아니니까."

백리흠의 표정이 조금 풀어졌다.

그러나 호연결의 말은 끝난 것이 아니었다.

"하지만 나는 장평의 판단이 편파적이라고 생각한다."

"편파적이라고요?"

"너는 장평에게는 생명의 은인이니까."

백리흠과 호연결 사이에 신경전이 벌어졌다.

장평은 중재에 나섰다.

"부장님. 부장님께서는 백리 대협에 대해 '판단'하려 하시는 겁니까?"

"아니. 내가 본 것을 증언하려는 것뿐이다."

"그렇다면 백리 대협. 백리 대협께서는 부장님의 배석 여부가 미소공주님이 내릴 결론에 영향을 끼치리라고 생각합니까?"

"……아니겠지."

두 사람이 한풀 꺾이자, 장평은 둘 사이에 서서 말했다.

"그렇다면 두 분 다 긴장을 푸시지요. 이곳은 맹주님의 영역 안이니 그 누구도 허튼 수를 쓸 수 없고, 미소공주님은 모든 보고를 들은 뒤에야 판단하실 겁니다."

장평은 백리흠을 보며 말했다.

"저 또한 첩보원이니, 대협의 긴장감 또한 이해합니다. 토사구팽이 낯설지 않은 직종이니까요. 하지만 제가 보증하겠습니다. 백리 대협께서는 하시고 싶은 말을 모두

하실 수 있을 겁니다. 그럼 문제 될 것이 없겠지요?"

"……알겠네."

장평은 호연결을 바라보았다.

"그럼 가시죠."

세 사람은 맹주실 지하의 비밀 기지로 들어갔다. 미소
공주는 호연결을 보고는 의아한 표정을 지었다.

"의외로군."

"제게도 권한이 있는 것으로 기억합니다만."

"의외라고 했지, 불청객이라고는 하지 않았다."

미소공주는 자리를 권했다.

"다들 앉지."

백리흠은 장평을 보며 쓴웃음을 지었다.

"차는 없구먼……."

* * *

"……차?"

미소공주는 고개를 갸웃거렸고, 장평은 쓴웃음을 지었
다.

"큼큼."

백리흠은 마른 헛기침을 하며 예를 올렸다.

"동창의 일급 첩보원 백리흠, 작전 책임자이신 미소공

주님께 마교 잠입 임무를 완수했음을 보고합니다."

"들어 보지."

백리흠은 자신이 보고 들은 것들을 소상히 보고했다.

마교는 십만대산에 자리 잡은 다국적 조직이며, 과학적인 사고방식을 숭배하는 과학자들의 집단이라는 얘기, 사방의 문화와 지식을 긁어모은다는 얘기와…….

"마교는 '중화'를, 중원인을 그리 달가워하지 않습니다. 다른 민족들과는 달리, 체에 거른 다음에 징집하지요. 그래서 마교 내에서 중원인은 일 할도 채 되지 못합니다."

처음으로 털어놓는 마교 내부의 이야기까지.

"혈조대마와 비천대마, 그리고 중원에서 잠입시켰던 외도대마만이 중원인 대마였습니다."

"과연. 노장인 혈조대마는 이전 세대의 인물이고 외도대마는 우리가 직접 들여보냈으니……."

"실질적인 중원 출신 대마는 비천대마 하나뿐. 일 할이라는 비율대로 뽑힌 셈이지요."

장평은 납득했다.

'그래서 중원이 없을 것이라고 했던 거로군.'

대마가 아닌 자들은 하북팽가에 난입할 수 없다. 하지만 다른 대마들은 중원으로 잠입하는 것 자체가 불가능했다.

"이제야 이해가 가는군. 십만대산에 중원인 자체가 드

물다면 첩자가 잠입하기 힘들 수밖에."

미소공주도 고개를 끄덕였다.

"장평의 추측과 크게 다르지 않군."

"만약 그가 저와 같은 이야기를 했다면, 그의 추측이
옳기 때문이겠지요."

미소공주는 장평을 바라보았다.

장평은 심문자로서 보고했다.

"진술 내용에 모순은 없었습니다. 사전에 입수한 정보
와 배치되는 내용도 없었고요. 저는 그를 신용해도 좋다
고 판단했습니다."

"하북팽가에서의 교전까지 포함해서 내린 결론인가?"

"……예."

미소공주는 호연결을 바라보았다.

"하고 싶은 말이 뭐지?"

"하북팽가의 교전 상황에 대해 보고할 것이 있습니다."

호연결은 대마들이 백리흠을 공격하지 않았다는 증언
을 했다. 장평과 논의했던 대로, 그럴 만한 이유가 있는
상황이었다는 말도 함께.

"결국 믿을 이유도, 믿지 않을 이유도 충분하다는 말이
로군……."

미소공주는 생각에 잠겼다.

"백리흠."

"예."

백리흠은 긴장한 표정을 지었다.

"이 자리에서 말하지 못한 정보도 있을 테지. 당분간 대기하며 마교에 대한 모든 정보를 기록하여 제출하도록."

"대기…… 말입니까?"

백리흠은 잠시 주저하다가 물었다.

"……언제까지 대기하면 됩니까?"

"다른 지시를 내릴 때까지."

백리흠은 이를 악물었다.

"상황이 바뀔 때까지 감금해 두겠다는 얘기 아닙니까?"

"그래. 맞다."

"약속이 틀리지 않습니까!"

격분한 백리흠이 벌떡 일어나 고함치자, 미소공주는 타이르듯 말했다.

"네 보고의 진위 여부를 확인할 때까지만이다. 교차 검증이 된다면 임무를 완수한 것으로 인정해 주겠다."

"십 년!"

백리흠은 노호성을 토해 냈다.

"당신들이 절 부려 먹은 것이 십 년입니다. 빌어먹을 마교 놈들이랑 비벼 온 것이 십 년이라고요. 대체 뭘 더 어쩌라는 말입니까? 호랑이 굴에 제 발로 들어갔다가 돌아왔는데, 아직도 뭘 더 해야 하는 겁니까?"

호연결이 탁자 밑으로 주먹을 쥐자, 장평은 조용히 그의 주먹에 손을 얹었다.

백리흠은 자리에서 일어났을 뿐 접근하지 않았고, 미소공주도 얌전히 듣고 있었으니까.

"십 년 동안 단 하루도 편히 잠들지 못했습니다. 언제 어디에서도 편한 마음으로 있을 수 없었습니다. 어디에 마교의 눈이, 혹은 황실의 눈이 절 지켜보고 있을지 모르니까요. 적도 아군도 언제든지 날 잘라 버릴 준비가 되어 있다는 것을 알면서도 외줄타기를 해 왔단 말입니다."

백리흠의 외침은 짐승의 울부짖음에 가까웠다.

"가족 때문에, 내 아내와 딸을 되찾고 평범하게 살 날이 올 거라고 꿈꿔 왔기 때문에요!"

"백리흠, 네 임무는 거의 끝났다. 네가 입수한 정보의 검증이 필요할 뿐이다."

"대체 무슨 수로 제 정보를 검증하겠다는 겁니까?"

백리흠은 으르렁거렸다.

"마교에서 변절하지 않고 돌아온 사람이 역사상 저 하나밖에 없는데, 누가 제 말을 검증해 줍니까? 외도대마조차도 삼십 년 전의 인물이었고, 그나마도 그는 변절했다는 것을 기억이나 하십니까?"

"나도 기억한다. 네가 그를 기억하듯이. 그러니 너도 납득하거라. 네가 십만대산에 들어갔다 나온 이상 꼭 필요한 절차라는 것을."

잠시 침묵이 있었다.

그 정적이 초조함으로 변해 가는 순간.

"……귀양 보내 주십시오."

백리흠은 말라붙고 쉰 목소리로 말했다.

"제가 정 의심스러우시다면 귀양을 보내십시오. 가족과 함께 살 수 있다면 유배된 죄인처럼 귀양지에서 논밭을 갈며 살겠습니다. 아니, 중원에 두는 것조차 불안하다면 타국으로 추방하십시오. 해동이건 북해빙궁이건 외진 곳으로 떠나서 중원에 발을 들이지 않겠습니다."

"너는 고강한 절정고수이니, 무림맹 밖으로 내보내면 네가 탈출해도 붙잡을 방법이 없다. 그렇다고 네 지식과 무공, 그리고 무엇보다도 첩보원으로서 보유한 고급 정보들을 국외로 반출시킬 수도 없다."

백리흠의 목에 핏대가 불뚝 섰다.

얼굴이 시뻘게진 그는 뭐라고 외치려다가, 몸을 부들부들 떨면서 애써 눌러 앉혔다.

볼을 타고 흐르는 두 줄기 분루(憤淚)만이 그가 품은 감정을 말해 줄 뿐이었다.

"……마교도들은 저를 믿었습니다. 혼돈대마도, 흑암

대마도, 심지어 천마까지도. 보고 싶은 대로 보고, 하고 싶은 대로 하라고 했습니다."

그는 의자에 털썩 주저앉아 흐느꼈다.

"놈들은 저를 보내 주었는데, 제국은 왜 저를 받아 주지 않는 겁니까? 중화를 겁내고 무림인을 적대하는 마교 놈들조차 제게 선택권을 주었는데, 황실은 왜 직접 한 약속조차 지키지 않는 겁니까?"

"약속은 지켜질 것이다. 넌 자유의 몸이 될 것이다. 네가 임무를 완수했음을 확인한 뒤에."

"하……."

어깨를 들썩이며 흐느끼던 백리흠은 눈물 젖은 얼굴로 미소공주를 바라보았다.

"그렇다면 투옥되기 전에, 하다못해 가족들을 만나기라도 하게 해 주십시오. 아내와 딸을 끌어안고 조금만 더 기다려 달라는 허튼 약속이라도 하게 해 주십시오."

"그들은 궁내에 있다. 금의위와 네 입궐 절차를 논의해 보겠다."

그러나 좌중의 모두가 알고 있었다.

이미 의심스러워 무림맹에 감금당한 자가, 입궐 허가를 받을 가능성은 만무하다는 것을.

"……충성의 보답이 참으로 달디달군요."

체념한 백리흠은 자리에서 일어났다.

"보고는 끝났습니다. 가야 할 곳으로 가겠습니다. 그게 어디인지는 모르겠지만."

"네 숙소로 돌아가라."

"끌려가야 합니까? 아니면 제 발로 가도 됩니까?"

"스스로 가도 좋다. 무림맹 내부에서의 자유로운 활동을 허락한다."

백리흠은 터덜터덜 걸음을 옮겼다.

그는 잠시 멈춰 섰다. 뒤돌아서서 가슴속의 응어리를 토해 낼 것처럼. 그러나 그는 다시 힘없는 걸음을 옮길 뿐이었다.

사람들의 눈에서 사라질 때까지.

"항마부로 복귀하겠습니다."

보고를 끝낸 호연결 또한 다른 출구로 걸음을 옮겼다.

미소공주는 여전히 앉아 있는 장평을 바라보았다.

"하고 싶은 말이 있는 모양이군."

"예."

"내 대답도 알고 있을 테고."

"예."

미소공주의 말은 정론이었다.

변절자를 만들어 내는 것이 특기인 마교. 그런 마교에서 순순히 보내 준 이상, 백리흠은 의심받아 마땅했다.

당연한 절차였고, 맞는 말이었다.

하지만…….

"만약 그가 배신자가 아니라면, 지금 이 순간 배신감을 느꼈을 겁니다."

"알고 있다."

미소공주는 한숨을 내쉬었다.

"하지만 그는 의심스러운 면이 너무 많다."

"무슨 말씀이십니까?"

"마교에 잠입할 것을 계획한 것은 십 년 전. 내가 계획한 일이 아니다. 나 또한 동창에서 인계받았을 뿐이지. 그리고 동창의 특성상 서류나 기록이 누락된 부분이 너무 많았다."

"백리흠을 믿지 않으셨군요. 처음부터."

"그래."

"정 믿지 못한다면 잠입 임무를 중단시키시지 그러셨습니까?"

"그러려고 했다. 미심쩍은 그를 마교 잠입 임무에서 해제시키고 가족들 곁에서 일할 수 있는 궁내직으로 돌리려 했었다."

미소공주는 장평을 바라보았다.

"내 손으로 직접 뽑은 새로운 '백면야차'와 교대시킬 생각이었지."

장평은 쓸쓸한 표정을 지었다.

"엇갈렸군요."

장평이 순순히 '백면야차'가 되었다면, 백리흠은 자유의 몸이 되었을 것이다.

아니. 장평이 건곤대나이를 조금만 더 일찍 해석했다면, 백리흠이 굳이 마교에 들어갈 필요가 없었다.

그러나 엇갈림 속에서 백리흠은 마교라는 심연에 너무 깊이 잠겨 버렸다.

그 결과가 이것이었다.

그 누구에게도 만족스럽지 못한 결론이.

"저는 백리흠을 신뢰합니다. 그래도 공주님의 결정에는 변함이 없으십니까?"

"내 신뢰를 거부한 것은 너였다."

"그렇군요."

장평은 거리감을 느꼈다.

탁자 하나의 거리가 아닌, 결코 닿을 수 없는 머나먼 거리감을.

"우리 모두가…… 합리적인 판단을 내리고 있군요."

호연결도, 장평도, 그리고 미소공주도.

그러나 그 결론은 정말로 합리적인 것일까?

장평은 자리에서 일어났다.

"지금의 이 결론이 누군가가 노렸던 것이 아니길 빕니다."

그 말이, 미소공주가 세운 마음의 벽을 결코 넘을 수 없음을 알면서도.

"……그래."

미소공주는 장평의 뒷모습을 눈에 담으며 속삭였다.

"나도, 그랬으면 좋겠구나……."

* * *

백리흠의 숙소는 특별히 마련된 별채였다.

공식적인 지위는 화평부의 일급 요원. 하지만 그는 여러모로 특별한 입장이었기에, 공용 기숙사가 아닌 간부용 별채를 받았다.

그러나 그것은 백리흠의 편의를 위해서가 아니었다.

기숙사보다 별채가 마교와 접촉하는 위험인물인 '백면야차'를 격리하고 감시하기 편하기 때문이었다.

밤이 깊어 가고 있었다.

백리흠은 홀로 책상에 앉아 문방사우를 마주하고 있었다.

그러나 밤이 깊어 감에도 불구하고 흔들리는 촛불이 비추는 것은 백지. 그리고 점점 더 깊이 가라앉는 백리흠의 눈동자뿐이었다.

벼루 위 먹물보다 검은 것이 사람의 속내. 붓을 적셔

적어 내지 않는다면, 아무것도 드러나지 않았다.

그것이 충신의 배신감이건, 혹은 배신자의 긴장감이건……

똑똑똑.

문밖에서 문을 두드리는 소리가 들려왔다.

"들어오게."

그러나 문을 두드리는 소리보다 먼저, 백리흠은 검을 손에 얹고 고개를 돌린 상태였다.

"자물쇠가 없는 문이라네."

방에 들어온 것은 백리흠이 예상한 바로 그 사람이었다.

"중재과장님이라고 불러야 하나? 아니면 파사현성님이 낫겠나?"

"그냥 장평이면 족합니다, 백리 대협."

장평은 평온한 표정으로 목례했다.

"늦은 밤에 실례하겠습니다."

"앉게."

백리흠과 장평은 탁자를 사이에 두고 앉았다.

"그래, 무슨 일인가?"

"위로하러 왔다고 하면 믿으실 겁니까?"

"안 믿네."

백리흠은 미소를 지으며 말했다.

"의심스러운 위험인물을 심문하러 왔다고 하면 믿었겠지만."

"그럼 놀라셔야겠군요. 정말로 위로하러 온 것이니까요."

장평은 탁자 위에 술병을 올려놓았다.

중원의 술이 아닌, 서방의 술이었다.

"서방의 포도주를 좋아하신다고 들었습니다. 어렵게 한 병 구해 왔습니다."

"……허."

백리흠은 쓴웃음을 지었다.

"이거 미안하게 됐군. 이건 내가 좋아하는 술은 아니라고 말해야 해서."

"그렇습니까?"

"포도주도 포도의 품종과 양조법에 따라 맛이 천차만별이라네. 쌀로 빚은 중원의 술과 마찬가지이지. 내가 좋아하는 포도주는 적포도주가 아니라 백포도주라네."

장평도 쓴웃음을 지었다.

"어렵군요. 여러모로."

"그래. 여러모로 어렵지……."

단순히 주도(酒道)만을 논하는 말이 아니었다. 그것을 알고 있기에, 장평과 백리흠은 서로를 보며 쓴웃음을 지었다.

"정성을 헛되게 한 무례를 용서해 주겠나?"

"아뇨. 솔직히 말해 주셔서 감사합니다."

"평생 동안 모든 것에 거짓말을 하며 살아왔는데, 술 취향 정도는 솔직해도 되겠지."

어쨌건 귀하고 비싼 술인 것은 분명했다. 백리흠은 술잔을 꺼내 포도주를 나누었다.

"무엇을 위해 건배할까?"

"대협의 긴 노고에 대해 건배할까요?"

"그러지 말지. 최소한 오늘만이라도."

장평은 잠시 침묵하다가 말했다.

"그렇다면 서로의 가족을 위해 건배하지요."

"그거라면야."

두 사람은 술잔을 비웠다.

진한 향기가 입안과 코안을 채웠다. 미지의 토지에 펼쳐지는 목가적인 풍경과 강렬한 태양이 느껴지는 풍미였다.

좋은 술이었다. 두 사람의 취향은 아닐지라도.

"자네가 날 떠보러 온 게 아니라면 물어볼 수밖에 없군."

백리흠은 담담한 표정으로 말했다.

"이 늦은 밤에 무슨 일로 온 건가?"

"마교. 그리고 중화에 대한 이야기를 나누기 위해서요."

"거짓말을 했구먼."

백리흠은 미소 지었다.

"떠보러 온 것이 맞지 않는가?"

"저는 진담보다 거짓말에 능숙합니다만, 오늘은 거짓말을 하지 않을 것입니다."

장평은 백리흠을 바라보았다.

"그럴 필요가 없으니까요."

"흥미로운 말이로군. 명성 높은 파사현성께서 변절 여부가 의심스러운 첩보원을 상대로 거짓말을 하지 않겠다고 선언하다니."

백리흠은 냉소적인 표정을 지었다.

"밤은 길고, 수감자는 시간이 많은 법. 어디 들어 보세나."

"저는 백리 대협이 '아직' 마교도가 아니라고 생각합니다."

"왜지?"

"하북팽가에서 절 살려 주셨으니까요. 마교 입장에서 제 목숨보다 가치 있는 전리품은 없는데 말이지요."

"자네의 호의를 사기 위한 술수일 수도 있지."

백리흠은 남의 일처럼 말했다.

"만약 내가 마교도라면, 자네의 무림맹에 잠입하는 일에 자네가 도움을 줄 수 있잖나?"

"그 점까지 감안해서 하는 말입니다."

장평은 차분히 말했다.

"현시점에서 마교에 대해 제일 잘 아는 사람은 저희 두 사람입니다. 직접 보고 들으신 백리 대협이 으뜸이고, 그들의 움직임과 사고방식을 이해한 제가 두 번째지요. 하지만 여기서 제가 없어진다면 마교에 대해 말하는 사람은 백리 대협 단 한 사람만이 남으니……."

"최소한의 교차 검증조차 불가능해지겠지."

장평이 추론하는 '마교'와 백리흠이 본 마교가 서로 다르다면, 사람들은 누구의 말을 믿어야 하는지 종잡을 수 없게 된다.

틀릴 수도 있는 장평과 거짓말을 할 수도 있는 백리흠. 둘 다 신뢰하기에는 부족했다.

"내가 진실을 말해도 확인할 방법이 없으니 말이야."

하지만 두 사람의 말이 일치한다면 그 말은 믿을 수 있을 터였다.

"하지만 여전히 내가 마교에 대해 거짓말을 하면 확인할 방법은 없지 않은가?"

"거짓말에 대처하긴 쉽습니다. 믿지 않으면 되니까요. 오히려 어려운 것은 진실을 믿는 것이지요. 저는 진실을 검증해 주는 부분을 도울 수 있고……."

장평은 술잔을 만지작거리며 말했다.

"제가 마교에게 입힌 타격들과 앞으로 입힐 수 있는 타격까지 감안하면 마교 입장에서는 저를 죽이는 것이 훨씬 이득이었습니다. 의심받을 것이 분명한 배신자를 무림맹에 들여보내는 것보다 훨씬 더요."

오만하게 들리는 말이었다. 자기 자신을 논하는 말이라는 점에서 더욱더.

그러나 백리흠은 고개를 끄덕였다.

"그건 그렇지."

어떠한 과장도 없는 사실이기 때문이었다.

"제 생각은 이렇습니다. 만약 마교에서 백리 대협을 이용하려 했다면, 백리 대협의 본의와는 관계없거나……."

장평은 담담히 말했다.

"복귀한 다음에 '겪게 될' 배신감을 이용한 것일 거라고."

촛불이 일렁거렸다. 백리흠의 침착함 너머로 마음의 동요가 있었기 때문이었다.

"……그게 무슨 소리지?"

"마교는 바보가 아닙니다. 백리 대협이 복귀했다면 충성심을 의심받을 거라는 사실을 예측하지 못할 리가 없습니다."

"내가 북경에서 배신감을 느낄 거라고 예상했단 말인가? 그리고 그걸 이용하기 위한 계책을 짰고?"

"과학적인 사고방식의 위험성을 아는 상부에서는 의심

하는 것이 '당연한' 행동이고, 긴 노고를 의심으로 보답받은 백리 대협이 배신감을 느끼는 것도 '당연한' 감정이니까요."

장평은 백리흠을 바라보았다.

"마교가 뭔가를 계획했다면 '이제부터' 진행될 것입니다. 백리 대협이 그 계획의 실행자인지, 아니면 단순한 포석의 일부인지는 모르겠지만요."

"내가 마교의 계획에 대해 아무것도 모른다고 말하면 믿을 텐가?"

"믿을 겁니다."

"쉽지 않은 일을 너무 쉽게 말하는군."

장평은 희미한 미소를 지었다.

"피차 누군가를 믿는 것이 어려운 직업을 가진 사람들이긴 하지요."

남에게 거짓말을 하는 자는 남을 믿지 못하는 법. 그것이야말로 거짓말쟁이의 저주였다.

"하지만 저는 첩보원이기 이전에 마교의 적입니다. 백리 대협의 신뢰를 얻는 것이 마교의 계획을 파훼하는 법이고, 백리 대협의 신뢰를 얻는 방법이 믿어 드리는 거라면 그리할 것입니다."

"타산적인 신뢰로군."

"합리적인 신뢰라고 해 주십시오."

"하지만 가장 효율적인 선택은 아니로군."

백리흠은 잠시 주저하다가 말했다.

"날 '대처'하는 방법은 내 마음을 돌리는 것 이외에도 있을 텐데?"

"죽이면 되긴 하지요."

장평은 스스럼없이 말했다.

"그게 가장 편하고 깔끔한 방법인 것도 사실이고요."

"그리 말해 주니 말하기 편하군."

백리흠은 장평을 바라보았다.

"자네는 많은 마교도를 죽였지. 일신상의 무공으로, 그리고 그보다 위협적인 판단력으로 중원 내의 마교도를 일소하다시피 했지."

"예."

"그런데 왜 자네답지 않게 나를 대하는가? 마교의 계획이 내 행보에 얽혀 있다면, 나를 죽이는 것이 그 계획을 파훼하는 가장 확실한 방법일 텐데?"

"말했듯이, 백리 대협은 마교도가 아닙니다. 최소한 북경에 입성하기 전까지는 그랬지요. 백리 대협의 충성심을 얻을 수 있다면, 우리는 마교에 대한 막대한 지식과 정보를 확보하게 되는 겁니다."

"마교와 경쟁을 하겠다는 거로군. 내 충성심을 건 경쟁을."

"예."

"미소공주가 허락했을 것 같지 않은데."

"허락을 구하지 않았습니다."

장평은 담담히 말했다.

"그녀의 입장에서는 황실에 대한 어떠한 위험 요소도 용납할 수 없을 테니까요."

"독단이란 말인가?"

"예."

"대범한 발상이고, 인상적인 접근법이군."

백리흠과 장평은 서로의 눈을 바라보았다. 아무것도 읽을 수 없는, '거짓말쟁이'의 눈빛을.

"천당각에서 나는 자네에게 충고했었지. 자네가 이룬 성과들 때문에 황실에서 자네를 경계할 수 있다는 말을. 하지만 정작 그 말을 한 내가 먼저 변절자로서 경계 받게 되었군."

"역설적이지요. 세상일이란."

"그래. 정말이지 역설적이지."

긴 침묵이 있었다. 생각과 계획, 술수와 결단이 머릿속을 맴도는 묵직한 침묵이.

백리흠은 차분히 말했다.

"나는 자네가 속내를 보여 주었다고 생각하네. 나를 신뢰하는 도박을 하기로 했다는 말도 고맙게 여기고."

"감사합니다."

"내가 마교를 떠날 때 천마는 나를 붙잡지 않았네. 이 '여권'을 내밀며 안전한 귀환을 약속했지."

'여권'은 황동으로 된 얇은 패였다. 이국의 글귀가 새겨져 있는 물건이었다.

'호패의 일종이로군.'

마교 혹은 다른 문명권에서 쓰이는 호패인 모양이었다.

"그 대신 한 가지 부탁을 했다네. 마음이 내키면 들어주고, 그렇지 않다면 잊어도 좋다는 말과 함께. 내가 무슨 의미인지 이해하지 못하는 부탁을 해 왔네."

장평은 눈을 가늘게 떴다.

저 '부탁'이야말로 천마가 안배한 계획임이 분명했기 때문이었다.

"그게 뭡니까?"

"천마에게 부탁을 받았다는 사실을 밝히는 것은 자네가 날 믿겠다고 말해 준 것에 대한 보답이네. 그 내용을 토설하는 것은 훗날의 일로 미뤄 두겠네. 서로의 목숨을 맡길 수 있는 사이가 될 때까지 말일세."

"마교와 황실 사이에서 줄타기를 하듯이, 천마와 저 사이에서 줄타기를 하시려는 겁니까?"

"그렇네."

"천마 쪽으로 마음이 기울면 그 부탁대로 행동하시겠 군요. 북경의 중심, 황궁의 지척인 무림맹에서 암약하는 백면야차로서요."

"그래."

"솔직하게 말씀해 주셔서 감사합니다."

턱.

백리흠은 탁자 위에 검을 얹으며 말했다.

"원한다면 지금 베게. 나는 변절 여부를 의심받고 있으 니, 날 벤다 해도 자넬 탓할 사람은 없을 테니까."

"물론 죽일 겁니다."

그 순간, 맹렬한 살기가 들끓어 올랐다.

"백면야차는 죽어야 하니까요."

숙련된 첩보원의 감정 조절 능력을 뛰어넘는 압도적인 악의. 그 맹렬한 증오심과 복수심이 순간적으로 백리흠 을 움츠러들게 만들었다.

그러나 장평은 검이 아닌 술잔을 쥔 채로 말했다.

"하지만 중요한 것은 백면야차는 죽어야 한다는 사실 뿐. 누가 어떻게 죽이는지는 중요하지 않습니다."

장평은 마교에서 복귀한 첩보원, 백면야차 백리흠을 바 라보며 말했다.

"백리흠 대협이 중화에 남기를 결단한다면. 제국에 충 성을 바치기로 한다면. 그로써 '백면야차 작전'이 완전히 종결된다면, 그보다 확실한 끝맺음은 없겠지요."

"위험한 도박을 하는군."

최고의 마교 전문가를 얻거나, 최악의 배신자를 제국의 심장에 풀어놓거나.

미소공주, 아니, 황실이라면 절대 용납하지 않을 도박이었다.

그러나 장평은 담담한 표정으로 말했다.

"판돈이 크니까요."

"좋네. 그렇다면…… 기대하고 있겠네."

백리흠은 미소 지었다.

"천하의 파사현성이 어떻게 천마의 계략을 파훼하는지를. 내가 이해하지 못한 천마의 부탁을 품은 채로 자네가 내 마음을 얻기를 기다리겠네."

"예, 백리 대협."

장평은 포권을 하며 자리에서 일어났다.

"마지막으로 묻고 싶은 것이 있네."

백리흠은 조용히 말을 이었다.

"만약 내가 끝내 마교 쪽으로 돌아선다면, 그리하여 변절자로서 천마의 부탁대로 행동한다면 자네는 날 어떻게 할 것인가?"

"말씀드렸다시피, 백면야차는 죽어야 합니다. 만약 백면야차 작전이 종결되지 않는다 해도 백면야차는 죽게 될 것입니다."

장평은 백리흠을 바라보았다.

"제가 백면야차의 앞에 서 있을 테니까요."

* * *

백면야차는 죽어야 한다.

그것은 장평에게 있어 그 무엇보다도 중요하고, 그 어떤 것보다도 앞서는 것이었다.

그러나 그것은 쉬운 일이 아니었다.

다른 무엇보다도 백면야차가 존재하지 않았기 때문이었다.

〈무림맹 내부에서 암약하는 백면야차.〉

'장평'의 삶을 지배했던 인물이자, 회귀한 장평이 반드시 죽여 없애려는 인물.

그러나 '백면야차'는 무림맹이 마교에 첩자를 잠입시키는 작전명이자, 그 첩자의 암호명이었다.

그렇기에 장평은 백면야차 개인을 특정하는 것을 포기하고 새로운 목표를 만들었다.

백면야차가 될 가능성이 있는 인물 전원.

모든 마교도와 모든 변절자를 죽이는 것으로.

쉬운 일은 아닐 것이다.

마교는 강대하며, 사람들의 마음은 쉽게 변했으니까.

그러나 장평은 멈출 생각이 없었다.

백면야차를 찾을 수 없다면, 백면야차가 될 가능성이 있는 모든 이를 죽여 버려서라도 백면야차를 죽이려 했다.

하지만 지금, 장평의 눈앞에 백리흠이 나타났다.

무림맹의 첩자인 백면야차로서 마교에 투입되었고, 무림맹으로 돌아왔으며 상부의 부당한 대우에 배신감을 느끼는 절정고수.

만약 백리흠이 십여 년의 세월을 들여 무림맹 내부에 사조직을 만든다면, 그야말로 '장평'의 인생을 빼앗은 백면야차가 되리라.

'백면야차는 죽어야 한다.'

목표는 정해졌다.

이제 남은 것은 싸움뿐.

'백리흠의 충성심을 되찾고, 백면야차 작전을 완전히 종결시킨다.'

장평은 희미한 미소를 지었다.

전생에서부터 이어진 싸움을 끝낼 때였다.

'백리흠은 백면야차가 되지 않을 것이다.'

모략과 교섭으로써, 혹은…….

'백면야차가 되려 한다면 살려 두지 않을 것이니까.'

그보다 확실한 백리흠의 죽음으로써.

* * *

자유 시간을 갖게 된 장평이 제일 먼저 찾아간 것은 의원인 화선홍이었다.

"얼마 전에 교전으로 중상을 입었소."

장평은 차분히 말했다.

"영약 두 개를 먹어 간신히 회복했지."

화선홍은 진맥을 하고 여기저기의 관절과 근육을 더듬어 보았다.

"근골에 후유증은 없어. 환골탈태한 상태 그대로 회복됐다."

"내공은?"

"내공도 큰 차이는 없고."

당연하다면 당연한 일이었다. 영약의 약효를 치료에 써 버렸으니까.

하지만 장평은 아쉬움을 감출 수 없었다.

"내공 증진에 썼으면 수십 년의 내공을 갖추었을 것을……"

"억지로 먹어 봤자 의미 없다는 것은 너도 알 텐데?"

"알고 있소."

장평은 세계관을 확립하는 것에 실패했다. 천마의 만유인력과 용혈무신의 가능성. 거대한 두 세계관이 서로 뒤엉켜 인간이 감당할 수 없는 무한한 정보량을 만들어 낸 탓이었다.

"세계관을 정립해야 나아갈 수 있어. 그 이전에 억지로 강해지려고 하면 주화입마에 걸릴 뿐이야."

지금의 장평은 목적지를 잃어버린 여행자, 설계도를 잃어버린 목수와 마찬가지였다.

처음부터 다시 시작해야 했다.

그 스스로의 세계관을 쌓는 과정부터.

"가능한 한 시간과 여유를 갖고 생각해 보라고. 그건 다른 누구도 도와줄 수 없는 분야니까."

"알겠소."

치료를 마친 장평은 자리에서 일어났다.

"척착호는 좀 어떻소?"

"우리 괴물 말인가?"

화선홍은 씨익 웃었다.

"나날이 강해지고 있지. 독에 물을 채우듯이 순조롭게."

"그거 부럽구려."

장평은 부러움을 느꼈다.

세계관의 충돌로 인해 성장이 멈춰 버린 그이기에 더욱

부러움을 느낄 수밖에 없었다.

"너무 질투할 것 없어. 잘하면 뭔가 새로운 걸 만들 수 있을지도 모르겠거든."

"그게 뭐요?"

"연구가 끝난 다음에 들려주기로 하지. 실용화 단계에서 말이야."

"그럽시다."

"말이 나왔으니 하는 말인데."

화선홍은 주머니에서 뭔가를 꺼냈다.

"진료 예약 밀려서 시간을 못 내겠어. 가는 길에 척착호한테 이거 좀 전해 주고 가."

"이게 뭐요?"

"호경골분(虎脛骨粉). 관절에 좋은 약이야."

"관절약? 척착호가 부탁했소?"

장평의 질문은 척착호가 주변 사람에게 주려고 요청했냐는 것이었다. 그에게 관절약이 필요할 거라고는 생각지 못했기 때문이었다.

그러나 대답은 예상 밖이었다.

"왼쪽 무릎이 안 좋아. 옛날에 화살을 맞았던 자린데, 지금도 비오면 시큰거린대."

"옛 상처라니. 의외구려."

장평은 일단 기억해 두기로 했다.

'척착호는 왼쪽 무릎이 안 좋다.'

이 정보가 쓸모가 있을 날이 올지는 모르겠지만.

"하여튼 전해 주겠소."

"그래."

* * *

항마부는 무림맹 남동부 가장자리에 위치해 있었다. 여러 개의 전각을 가로질러 가야 하는 제법 먼 길이었다.

수많은 이가 장평에게 아는 척을 했고, 장평은 그들의 대부분을 무시했다.

그리고 장평은 마침내 익숙한 얼굴을 발견했다.

"흡! 합!"

길게 줄을 선 채, 사람들이 웃통을 벗은 사내의 복부를 강타하고 있었다. 얼핏 보아도 내공을 실은 강타였지만, 상의를 탈의한 사내는 복근에 힘을 준 채 받아 내고 있었다.

'척착호.'

한 대 치고 교대. 한 대 치고 교대. 그렇게 십여 명이 전력을 다해 복부를 강타할 때마다, 복부를 타고 척착호의 온몸에 힘줄이 툭툭 불거졌다가 가라앉았다.

장평이 열다섯 명째를 셀 무렵, 척착호는 긴 한숨을 내쉬며 말했다.

"후우…… 좀 쉽시다."

"그러지!"

척착호는 그제야 장평을 돌아보았다.

"장 형! 여긴 어쩐 일이시오?"

척착호가 묻자, 장평은 미소를 지으며 호경골분을 건넸다.

"심부름이오."

"고맙소."

장평은 척착호의 복근을 바라보았다.

"격한 수련을 하고 계시구려."

"동료들은 때리는 연습을 해서 좋고, 나는 맞으며 강해져서 좋고. 일석이조 아니겠소?"

천생신무의 소유자, 척착호. 외력적충지체를 가진 그는 타격을 입을 때마다 내공으로 흡수하는 능력을 가지고 있었다.

합리적이라면 합리적이었지만…….

"아프진 않소?"

"아프지. 아프니까 수행 아니겠소?"

척착호는 껄껄 웃었다.

장평은 조심스럽게 척착호의 무위를 재 보았고, 그가 자신보다 한 수 위라는 것을 확인했다.

'천부의 근골과 백전노장의 세계관을 가진 이를 범부인 내가 어찌 감히 따라잡겠는가?'

이해가 갔다. 납득도 했다. 하지만 입맛이 쓴 것은 사실이었다.

"이번에 하북팽가에서 크게 곤욕을 치렀다고 들었소. 부장님도 애검을 잃으셨다더구려."

"그리되었소."

"조금만 더 기다려 주시오. 언젠가는 내가 장형의 힘이 되어 드리리다."

씁쓸한 입맛과는 별개로, 장평은 온화한 미소를 지어 보였다.

"그때는 내가 척 형을 보좌하게 될 거요."

"나는 무부라서 명령을 받는 편이 편하오."

"내게 명령할 지위에 오르게 되면, 명령해 달라고 명령하시오. 명령대로 명령해 드리리다."

단순한 척착호는 혼란스러운지 고개를 갸웃거렸다.

"……그 말이 말이 되는 말 맞소?"

미소를 지은 장평이 그의 어깨를 툭툭 쳤다.

"부장님은?"

"오 번 폐관실에 계시오."

"폐관수련? 방해하면 안 되는 상황이오?"

"그건 아니오. 가도 될 거요."

장평은 고개를 끄덕였다.

"그럼 다음에 봅시다."

장평이 향한 오 번 폐관실에서는 문을 열기도 전부터 무지막지한 기운이 느껴지고 있었다.

'들어가면 내상 입는 거 아닌가?'

장평이 문 앞에서 주저하자, 그를 인지한 것인지 기운이 멈추고 말소리가 들려왔다.

"들어와라, 장평."

장평은 문을 열고 들어갔다.

그가 들어갔을 때, 탕마검성 호연결은 벽을 보며 앉아 있었다.

그리고 그의 주변에는 수십 자루의 검이 놓여 있었다. 하나같이 보검이자 명검이라 불릴 만한 물건들이었다.

"뭐 하고 계십니까?"

"이기어검술을 위한 새 검을 고르고 있다."

하북팽가의 싸움에서 흥수대마는 이기어검술이 걸린 검을 손으로 부숴 버렸다. 그 덕분에 호연결은 전력을 다해 혼돈대마를 상대할 수 있었지만 무기를 잃고 말았다.

"이기어검술에도 조건이 있습니까?"

"있다. 말을 잘 듣는 검도 있고, 까탈스러운 검도 있지. 하지만 무엇보다도 중요한 것은 내 내공을 얼마나 잘 받아들이느냐는 점이다."

장평은 깨달았다.

"효율의 문제로군요."

"그래. 효율의 문제지."

호연결은 무감정한 목소리로 말했다.

"역시나 탕마검(蕩魔劍)만 한 물건은 없군."

"부러진 애검의 이름입니까?"

"그래."

잠시 생각하던 장평은 말했다.

"꼭 검이어야 할 필요가 있습니까?"

"무슨 말이지?"

"명검이면서 이기어검술에도 적합한 검을 찾기보다는 명검을 따로 가진 채로 이기어검술에 적합한 '도구'를 새로 만드는 편이 낫지 않겠습니까?"

"이기어검술에 적합한 명검을 찾지 말고, 이기어검술에 적합한 도구를 만들라고?"

"예. 이기어검술과 무기를 나눠서 생각하자는 말입니다."

호연결이 고개를 갸웃거리자, 장평은 물었다.

"이기어검술에 적합한 검의 조건이 정확히 뭡니까?"

"나도 모른다. 직접 시험해 봐야 알지."

"혹시 재질의 문제 아닐까요? 검을 이루는 재료 중 특정 금속의 비율 문제가?"

"검이 아니라 쇠붙이라는 점에 주목하는 건가? 독특한 접근법이로군."

호연결은 들고 있던 명검을 내려놓았다.

"이게 악명 높은 '과학적인 사고방식'인가?"

"마교에 대해 이해하기 전에도 이런 질문을 했을 겁니다."

"그럼 아닌가?"

장평은 잠시 침묵하다 말했다.

"맞을 겁니다."

"그렇군."

호연결은 검들을 밧줄로 묶었다. 그러고는 검 무더기를 등에 진 채 자리에서 일어났다.

"바쁜가?"

"그렇지는 않습니다."

"그럼 날 도울 시간이 있겠군."

호연결은 병기고에 명검들을 반납했다. 그러고는 야장부로 향했다.

"의외의 얼굴을…… 둘이나 보는군……."

우락부락한 체형의 거인, 야장부장 고대철이 장평과 호연결을 바라보았다.

장평에게는 반가움과 기특함이 담긴 눈빛을, 그리고 호연결에게는 경계 어린 눈빛을 보낸 그는 느릿느릿한 말투로 말했다.

"여긴…… 무슨 일로…… 왔지……?"

호연결은 장평을 바라보았다.

"야장부장에게 요청하게."

"뭘 요청하라는 말입니까?"

"자네의 '그 사고방식'을 활용해서 내게 필요한 도구를 찾기 위해 필요한 재료들을."

장평은 바로 이해했다.

"고 부장님, 재료를 준비해 주실 수 있겠습니까? 가능한 한 다양한 종류로."

"가능하긴 한데…… 그건 왜……?"

호연결은 말했다.

"기밀이오."

"누구 권한으로……?"

"내 권한이오."

고대철은 불쾌한 표정을 지었으나, 호연결에게는 그럴 권리가 있는 것도 사실이었다.

고대철은 야장 하나를 불렀다.

"재료 창고로 데리고 가라……."

야장은 그들을 데리고 갔다.

"따라오십쇼."

장평과 호연결이 도착한 곳은 다양한 재료들이 가득 쌓

여 있는 널찍한 창고였다.

"도와드릴깝쇼?"

장평은 호연결의 눈치를 살폈다.

"아뇨. 괜찮습니다. 볼일 보십시오."

예의를 갖췄지만 축객령. 야장은 머리를 긁적거리며 밖으로 나갔다.

호연결은 무표정한 얼굴로 말했다.

"이제 뭘 하면 되지?"

"이기어검술에 가장 잘 반응하는 물질을 찾으십시오. 그리고 그 물질로 된 도구를 만들면 되지 않겠습니까?"

"그렇군."

납득한 호연결은 주괴들에 손을 얹고 내력과 의지를 실어 보았다.

길고 지루한 시간 끝에, 호연결은 하나의 주괴를 손에 들었다.

순은 주괴였다.

"순은 주괴들 중에서도 이게 제일이더군. 왜 차이가 나는지는 모르겠지만."

"순도의 문제겠지요."

장평은 순은 주괴를 바라보았다.

"하지만 은이라……. 무기로 만들기에는 비효율적인 금속이군요."

"그래."

가격은 둘째치고, 은은 너무 무르고 약했다. 검으로 만들기에는 강철이 최선. 장평은 강철 주괴들을 톡톡 건드리며 말했다.

"평범한 강철은 내력에 잘 반응하지 않는 겁니까?"

"그런 편이다."

"그렇다면 은과 단단한 금속을 함께 사용하시는 것은 어떻겠습니까?"

"함께 사용한다고?"

호연결은 잠시 생각하다가 말했다.

"합금을 말하는 것인가?"

"그 방법도 있겠지만, 제 생각은 두 금속을 동시에 쓰는 겁니다. 은으로 된 심지를 넣고 그 위에 강철로 된 검신을 덮는 것이지요. 만약 그게 효율이 나쁘다면, 반대로 강철 검신에 은을 도금하든지요."

"독특한 구조가 될 것 같군."

"이기어검술도 독특한 무공이니까요."

호연결은 물었다.

"그런 구조의 도구를 만들 수 있겠나?"

"저는 야장이 아닙니다. 쇠붙이를 다루는 것은 전문가와 논의하시지요."

"알았다."

호연결은 장평을 바라보았다.

"과학적인 사고방식이란 것은 아주 효율적이군."

그의 눈빛은 전에도 본 적 있는 눈빛이었다.

하북팽가의 싸움이 끝난 뒤.

'백리흠을 바라볼 때의 눈빛이로군.'

장평은 온화한 미소와 함께 말했다.

"칭찬으로 듣겠습니다."

回生武士

2장

2장

　재료를 골라 주는 것으로 장평의 일은 끝났다. 이제부터는 호연결과 고대철 사이의 문제였다.

　장평은 주변을 돌아보았다.

　'슬슬 점심 무렵이로군.'

　남궁연연을 만나기엔 조금 이른 시간이었다.

　잠시 생각하던 장평은 맹주실로 향했다.

　용태계는 반색하며 맞이했다.

　"여어, 장 아우 왔는가?"

　"오랜만에 뵙습니다. '맹주님'."

　용혈무신 용태계. 최고위 황족 겸 무림지존 겸 무림맹주는 투덜거렸다.

"이 정도면 슬슬 호형호제해도 되지 않나?"

"언제 꼬이든 족보가 꼬이는 건 마찬가지 아닙니까?"

"쳇."

용태계는 투덜거렸다.

장평은 이 난잡한 방 안에서 유일하게 멀쩡한 물건을 바라보았다.

푸르고 자유분방하게 뻗어 나간 분재.

'천하만민'을.

"'천하만민'은 늘 그렇듯이 생기 넘치고 아름다운 모습이로군요."

"그렇지?"

용태계는 뿌듯한 표정으로 말했다.

"분재는 내가 두 번째로 잘하는 거니까."

"매번 하는 말씀이시로군요. 귀에 못이 박히겠습니다."

용태계는 장평을 보며 말했다.

"어디 보자. 점심 같이 먹자고 온 거 맞나?"

"물론입니다. 하지만 그 전에 부탁드리고 싶은 일이 있습니다."

"뭐지?"

"어려운 일일지도 모르겠습니다만……."

장평의 '부탁'을 들은 용태계는 고개를 갸웃거렸다.

"어려운 일? 겨우 그런 일이?"

"쉬운 일이라고 말씀해 주시면 저야 좋지요."

용태계는 장평의 등을 탕 치며 말했다.

"그럼 밥이나 먹으러 가세나."

장평과 용태계는 그대로 창문을 열고 바닥으로 떨어져 내렸다. 그게 '제일 빠른 길'이기 때문이었다.

별생각 없이 뛰어내린 장평은 착지와 함께 쓴웃음을 지었다.

'가진 것이 바뀌면 시점도 바뀌는구나.'

옛날이라면 멀쩡한 계단을 놔두고 위험하게 왜 굳이 뛰어내리냐고 반문했으리라.

하지만 절정고수가 된 장평은 새처럼 편안하게 착륙하여 용태계와 함께 식당으로 향하고 있었다.

식판에 음식을 담은 장평과 용태계가 탁자에 앉자, 후다닥 달려온 호사가들에 의해 빈자리들은 순식간에 채워졌다.

"자, 그럼 하북팽가에서의 모험담을 들어 볼까?"

사람들은 호기심에 눈을 빛내고 있었다. 그러나 제일 빛나는 눈은 용태계의 눈이었다.

장평은 쓴웃음을 지으며 말했다.

"무엇부터 얘기해야 할지 모르겠군요."

"그럼 내가 시작해 주지. 혼돈대마를 이번에도 개박살 냈다더군. 작전도 망치고 싸움으로도 파훼했다고?"

"아…… 예. 결과적으로는 그렇게 됐지요."

"왜 그렇게 어정쩡하게 말하는가? 마교의 필두 대마를 문무 양방으로 완벽하게 찍어 눌렀으니 대승리를 거둔 것이 아닌가?"

"죽였어야 승리지요."

장평은 차분히 말했다.

"살아서 물러난 이상, 싸움은 끝난 것이 아닙니다. 전보다 더 위험한 존재로 돌아오기 마련입니다."

"혼돈대마가 지금보다 위험해진단 말인가?"

"예. 분명히."

장평은 담담하게 말했다.

"혼돈대마는 미숙합니다. 경험이 쌓이면 쌓일수록 더 위험해질 겁니다."

"미숙하다고? 천하의 혼돈대마가?"

용태계는 미심쩍은 표정을 지었다. 다른 청취자들과 마찬가지로.

"토번에서 입수한 정보로는 최소 삼십 년 넘게 활동한 모양이네만……."

"혼돈대마는 '이기는 것이 당연한 상황'을 만들어 놓고 작전을 펼칩니다. 그러기 위해서 상대방이 예상할 수 없는 방식으로 움직이지요."

"하지만 파훼했잖나?"

"저는 혼돈대마의 작전을 사전에 파악한 적이 없습니다. 일단 당한 다음에 임기응변으로 역전했을 뿐이지요."

"그게 더 대단한 거 아닌가? 완벽하게 준비된 작전을 임기응변만으로 파훼한 것이?"

"그저 입장의 차이일 뿐입니다."

장평은 쓴웃음을 지었다.

"주도권을 가진 혼돈대마는 이기는 것이 당연한 상황을 만듭니다. 대부분의 경우는 계획대로 흘러가 무난한 승리를 쟁취하지요. 그 덕분에, 혼돈대마는 자신이 통제하지 못하는 상황이 펼쳐지는 경험이 별로 없습니다."

"계획이 어긋나지 않으니, 계획이 틀어지면 대처하는 임기응변이 부족하다는 거로군?"

"예. 눈앞에 닥친 상황에서 임기응변으로 발버둥 치는 것에 익숙한 저와는 달리요."

"그건 듣기에는 그럴듯하군."

용태계는 싱긋 웃었다.

"하지만 혼돈대마 본인도 그렇게 생각할까?"

"아닐 겁니다. 그리고 그 점이 혼돈대마 최대의 약점이고요."

장평은 비릿한 미소를 지었다.

"말했듯이, 혼돈대마는 승리에는 익숙해도 패배에는 미숙합니다. 패배를 냉정하게 마주할 수 있을 정도로 패배를 자주 겪지 못한 탓에, '잘 지는 법'에, 그리고 피해를 최소화하며 패하는 법에 미숙합니다. 특히⋯⋯."

"특히?"

"참으로 감사하게도 혼돈대마는 계획이 무너졌다고 느낀 순간부터 감정적으로 움직이는 습관이 있더군요."

"인상적인 인물평이로군. 당사자가 들었다면 피를 토할 정도로 격분했겠어."

용태계는 미소를 지었다. 그러나 그의 눈은 천상의 용처럼 예리한 현기를 띠고 있었다.

"그런데 자네는 대체 어디서 그렇게 패배를 겪어 본 건가? 내가 알기로는 무림맹에 들어온 이후 매번 승리만을 거둔 것으로 아는데?"

예리한 지적이었다.

"꼭 실전을 치러야만 경험이 쌓이는 것은 아니지요."

장평은 본인이 말했듯이 임기응변에 능한 편이었다.

"당사자가 교훈을 얻을 수만 있다면, 어떤 일이건 경험이 되기 마련 아니겠습니까?"

"그래? 그럼 어디서 그렇게 대패를 반복한 건가?"

"어려서부터 기루에 자주 드나들었다는 말씀만 드리겠습니다."

장평은 미소를 지으며 숟가락을 들었다.

"덕분에 이제 주색잡기는 그만두기로 했다는 말도요."

장평이 국을 뜬 순간, 모두가 장평의 말이 끝났음을 느꼈다. 그들은 제각각 와자지껄 떠들며 식사를 시작했다.

즐겁고 편안한 시간이었다.

식사를 마친 장평과 용태계는 나란히 식당을 나왔다. 맹주실의 탑을 바라보며, 용태계는 나직이 물었다.

"아직 목적지를 찾지 못했나?"

세계관을 얻었느냐는 질문이었다.

장평은 고개를 저었다.

"생각만큼 쉽지 않군요."

"알고 있겠지만, 나는 자식이 없네."

용태계는 조용히 말했다.

"무공을 익히기 전에는 너무 어렸고, 무공을 익히면서는 자식을 갖지 않겠다고 마음먹었지. 제위를 양보한 폐태자의 자식이라니. 제국을 어지럽히는 분란의 씨앗만 될 테니까."

"……예."

"죽은 아내에게 제일 미안한 일이 그걸세. 어머니가 될 기회를 내 마음대로 빼앗았다는 것이. 그리고 제위를 거부한 이후 유일하게 아쉬운 것이 바로 그 점일세."

용태계는 탑의 꼭대기를 바라보았다. 황제의 용상을 거부한 그가 머무는 곳. 무림맹주의 방을.

"아이를 갖고 싶었네. 하지만 가질 수 없었네. 그리고 내 멋대로 자네를 내 자식처럼 여겨 버렸네. 자네가 나와 같은 곳을 보고, 같은 길을 걷기를 내 마음대로 소망해 버렸네."

용태계는 한숨을 내쉬었다.

"그 마음이 자네에게 폐를 끼친 것 같군. 자네가 나와 같은 곳을 봐주길 바란 내 욕심이 자네를 죽게 만들 뻔했으니까."

"서로 어긋났을 뿐입니다. 맹주님과 천마가 보여 준 풍경이."

"그래. 그리고 그 점이 못내 아쉽군."

용태계는 미소 지었다.

"이젠 자네의 길을 걷게. 더 이상은 발목을 잡지 않을 테니까. 나는 그저 자네가 후회하지 않을 길을 고르길 바랄 뿐이네."

장평은 처음으로 용태계가 노인이라는 사실을 깨달았다. 청년의 모습과 열정을 가지고 있었을 뿐, 무림의 풍파와 황궁의 음험함 속에서 수십 년을 버텨 온 노인이었다는 사실을.

장평은 용태계의 옆모습을 바라보았다.

"왜 저였습니까?"

"응?"

"맹주님은 수많은 무림인을, 그리고 그보다 더 많은 사람을 봐 오셨을 겁니다. 한데 왜 하필 제가 맹주님과 같은 길을 걷기를 바라셨던 겁니까?"

용태계는 깨달았다. 장평에게 자신의 세계관을 보여 주었을 때, 훗날로 미루었던 질문이 다시 찾아왔음을.

"자네는 특별했으니까."

용태계는 고개를 돌려 장평을 마주 보았다.

"자네도 봤다시피, 내 세계관에는 만물의 가능성이 보이지. 당연히 사람의 가능성도 보인다네. 크면 큰 대로, 작으면 작은 대로. 사람들은 자신의 삶을 살아가지. 하지만 자신의 가능성을 넘어선 사람은 내 평생 단 한 사람밖에 보지 못했다네."

"그게 접니까?"

"그래."

장평은 깨달았다.

'회귀했기 때문이구나.'

무당의 노도사 장현진인. 수양이 깊은 그는 장평이 무언가 다르다는 점을 한눈에 알아챘다. 하지만 속세를 등진 수도사인 그는 다른 사람들을 본 경험이 적었다. 그 때문에 장평이 어떻게 다른 것인지는 알아보지 못했다.

용태계는 도인은 아니었다. 하지만 다른 방향에서 오른다 해도 산의 정상은 같은 법.

가능성의 세계관을 지닌 그는, 장평이 스스로의 한계를

넘어섰다는 것을 본 것이었다.

'그 점이 용태계가 내게 보이는 호의의 근본이었구나.'

장평은 문득 자신이 회귀했음을 말하고 싶은 욕구를 느꼈다. 자신이 가능성의 한계를 뛰어넘은 것이 아니라, 회귀라는 반칙을 썼을 뿐이라고 고백하고 싶었다.

'말하자. 회귀와 회생옥에 대해 말하자.'

진실을 말하지 않는 것은 지금 용태계가 보이는 순수한 호의를 배신하는 것처럼 느껴졌기 때문이었다.

그러나 장평이 채 입을 열기도 전에 용태계는 편안한 미소를 지으며 말했다.

"하지만 자네를 만난 덕분에 나는 새로운 기대를 품고 사람들을 볼 수 있게 되었네."

"……맹주님?"

"나는 이제 사람들이 자신의 한계를 뛰어넘을 수도 있음을 기대하며 볼 수 있게 되었네. 한 번 일어난 일은 두 번 일어날 수도 있고, 두 번 일어날 수 있는 일은 세 번도 일어날 수 있으니까."

용태계의 눈은 빛나고 있었다. 꿈과 기대감, 그리고 희망으로. 노인의 지친 눈은 새롭게 빛나고 있었다.

'나 때문이다. 내 반칙 때문에 그는 다시 꿈을 꾸게 되었다.'

장평의 가슴이 덜컥 내려앉았다.

진실. 장평이 방금 말하려고 했던 진실은 저 눈에 담긴 모든 것을 찢어발길 뻔했기에.

'그가 나 때문에 다시 꿈을 꾸게 되었다면, 나는 그에게 꿈을 꾸게 만들어 버린 죗값을 치러야 한다.'

마음을 굳힌 장평은 미소를 지었다.

"저는 좋은 스승들을 만났으니까요."

언제나처럼, 거짓은 진실보다 간편했다.

용태계는 미소를 지었다.

"아마도 그 스승들 중 상당수는 자네를 죽일 생각이었을 것 같은데?"

"결과적으로는 그러지 못했지요. 누구도."

"그래. 당사자가 교훈을 얻을 수만 있다면, 어떤 일이건 경험이 되기 마련이니까."

장평은 쓴웃음을 지었다.

"낯설지 않은 말이로군요."

"듣는 것은 처음이지? 내가 가장 아끼는 똑똑한 친구가 한 말이라네."

능청을 떤 용태계는 장평의 등을 탁 쳤다.

"도움이 필요하면 언제든지 말하게. 오늘처럼 사소한 부탁이건, 아니면 어려운 부탁이건."

"예, 맹주님."

"이따 보세!"

용태계는 날아올랐다.

승천하는 용이 제 구름 위에 내려앉는 것을 우러러보며, 장평은 쓸쓸한 표정을 지었다.

'가능성. 가능성이라……'

자신이 가장 속이고 싶지 않았던 사람을 이미 속여 버린 거짓말쟁이는.

* * *

백리흠은 숙소에서 대기하고 있는 상황이었다. 공식적으로는 휴식 겸 입수한 첩보를 정리해서 보고하라는 명령이었다.

'실질적으로는 감금이지.'

창살 없는 감옥에 가둬 둔 것이었다.

물론 무림맹 내부에서라면 자유롭게 돌아다녀도 좋다는 허가가 있긴 했다.

하지만 백리흠은 신원 확인이 안 된 인물이기에 앞서 '과학적인 사고방식'이라는 전염병의 보균자. 지금의 백리흠이 누군가와 접촉한다면, 그 상대방 또한 마찬가지로 위험인물로 취급되고 감시당하리라.

그러니 백리흠이 할 수 있는 것은 유배당한 죄수처럼 두문불출하는 것뿐이었다.

"백리 대협. 접니다, 장평."

장평이 찾아온 것은 백리흠이 한참 뭔가를 적어 내려가던 도중이었다.

아직 먹물이 뚝뚝 떨어지는 붓을 보며, 장평은 미안한 표정을 지었다.

"제가 방해가 된 게 아닐까 걱정되는군요."

"누군가가 방해해 주기를 간절히 바라던 참이었다네."

현 상황에서 백리흠에게 가장 우호적인 인물은 장평이었다. 그것이 타산적인 호의라고는 해도 백리흠은 거절할 형편이 못 되었다.

"나와 친밀감을 쌓기 위해 왔나?"

"예."

"궁지에 몰린 사람에게 손을 내민다. 얄미울 정도로 정석적인 접근법이로군."

"그래서 싫으십니까?"

"아니, 전혀. 만취와 한탄 중에 뭐가 덜 추한 짓인가 고민하던 중이었다네. 말벗을 거절할 형편이 못 되지."

과학적인 사고방식의 보균자인 백리흠과 대화가 가능한 유일한 인물이기에 더욱 그러했다.

"설령 그것이 대화의 형태를 띤 심문일지라도 말이야."

장평은 가식적인 미소를 지었고, 백리흠은 자조적으로 웃었다.

"뭘 쓰고 계셨습니까?"

"중요한 정보나 마교 자체에 대한 정보는 거의 다 적어서 올렸네. 이제는 마교도들에게 주워들은 소소한 잡담들을 적는 중이지."

백리흠은 짓궂은 미소를 지었다.

"물론 자네라면 이미 내 보고서를 전부 읽어 봤겠지만 말이야."

장평은 부인하지 않았다.

사실이기 때문이었다.

"대마 셋이 죽었고, 둘은 당분간 활동을 중지하게 되었습니다. 남은 다섯 대마 중에 위협적인 인물이 있을까요?"

"마교의 대다수는 서방과 남방에서 온 이들이지. 중원인 자체가 일 할도 안 되니, 중원에 투입될 수 있는 대마는 없을 걸세."

중원의 입장에서 마교가 침입자이듯이, 마교 입장에서 중원은 적지였다. 그것도 문화와 언어가 전혀 다른 외국.

중원인 혹은 그와 비슷한 인종이어야 했고, 중화의 문화와 한어를 이해해야 했다.

둘 다 생각보다 쉽지 않은 일이었다.

모습을 바꾸는 재주가 있는 혼돈대마. 혹은 피부색이 옅고 중화에 익숙한 흉수대마 정도가 한계였다.

"대마의 조건이 정확히 뭡니까?"

"초절정고수로서 실무에 유리한 학문에 숙달할 것. 그리고 만약 외지에 잠입하게 될 경우, 사명감이 투철하고 임기응변에 능할 것."

"혈조대마는 절정고수에 불과했고, 흉수대마는 딱히 현명해 보이지는 않았습니다만."

"능력에 따라서는 예외도 생기는 법이지."

생각해 보면, 혈조대마는 무공 이상의 지략이 있었다. 북궁산도가 초월적인 무위를 지니고 있듯이.

장평은 생각에 잠겼다.

"대마의 충원은 쉬운 일입니까?"

"마교는 무학에는 능하지만 인재가 적네. 무학은 뒤져도 인재가 넘치는 무림과는 정반대이지. 무공은 개인의 재능이 중요하니, 초절정고수의 양성은 생각만큼 쉽지 않네."

백리흠은 차분히 말했다.

"요는 기준의 문제일세. 기준을 유지하면 어렵고, 기준을 낮추면 쉽겠지. 그리고 기준이란…… 급할수록 내려가는 법이지."

"대마를 급조할 거라고 보십니까?"

"내 의견을 묻는 거라면, 그렇네. 전황도 불리하거니와 단신으로 마교와 중화의 구도를 뒤엎은 괴물을 상대해야 하니까."

백리흠은 장평을 바라보았다.

"마교를 이해하는 마교의 천적, 파사현성 장평을."

"과장이 심하시군요."

장평은 미소를 지었다. 그러나 백리흠은 농담을 한 것이 아니었다.

"마교 입장에서도 과장일까?"

장평은 필두 대마였던 혈조대마를 비롯해 대마 셋을 죽였다. 그리고 신임 필두 대마였던 혼돈대마도 죽기 직전까지 몰아넣었다.

"마교는 궁지에 몰렸고, 그들 스스로도 그걸 잘 알고 있네. 그들은 합리적인 자들이니, 자네를 상대로 수단이나 방법을 가릴 거라고 생각되진 않는군."

마주한 모든 작전을 파훼하고, 마주친 모든 대마를 죽인 자. 파사현성 장평.

"마교의 역사상 자네만큼 큰 피해를 입힌 사람은 아무도 없었네. 그러니 마교 입장에서는 자네를 죽이는 것보다 중대한 사안은 없다네."

"그건 달갑지 않은 이야기군요."

장평은 느긋하게 말했다.

"절 얕보는 편이 더 큰 타격을 입힐 수 있을 텐데요."

"중원에서 마교를 일소해 놓고 얕보이길 바란단 말인가?"

백리흠은 피식 웃었다.

"양심도 없군."

"제게 없는 것이 양심뿐이겠습니까?"

장평도 미소를 지었다. 사교적인 미소였다.

"자, 제 얘기는 할 만큼 했으니, 이제 백리 대협에 대해 얘기할 때가 되었군요."

"무슨 말이지?"

"백리 대협은 지금 제 앞에 있습니다. 마교가 그토록 죽이길 원하는 제 앞에요."

백리흠의 얼굴에서 웃음기가 사라졌다.

"내가 자넬 해칠 거라고 생각하나?"

"백리 대협이라면 절 죽일 수도 있지요."

"자네가 날 죽일 수 있는 것처럼."

잠시 침묵이 있었다.

둘 다 무위 자체는 엇비슷했다. 승패는 무력이 아닌 방심이나 준비 여부에 달렸고, 생사 또한 그러했다.

긴장감 섞인 정적을 깬 것은 장평의 차분한 목소리였다.

"저는 백리 대협이 절 죽일 능력이 없어서 온 것이 아닙니다. 백리 대협이 절 죽일 필요가 없으니까 온 것이지요."

"맞는 말일세. 자넬 죽여서 내가 얻는 것이 개죽음 말고 뭐가 있겠는가?"

장평은 미소를 지었다.

"하지만 제게 마음을 완전히 여신 것도 아니지요."

"그 또한 맞는 말이네."

"오늘 그 부분에 대해 논의하고자 왔습니다. 어떻게 하면 제가 대협의 호의와 신뢰를 얻을 수 있을지를요."

"알다시피 내 목표는 하나뿐이네. 내 아내와 딸을 되찾는 것."

백리흠은 조용히 말했다.

"어떠한 거짓말도, 모략도 없는 곳에서 조용하고 소박하게 여생을 보내는 것. 그게 내 유일한 야망이고 소망일세. 그리한다면 천마가 내게 맡긴 전언을 들려주겠네."

"제 권한 밖의 일입니다."

"지금의 자네에게는 그렇겠지."

백리흠은 장평을 바라보았다.

"더 큰 실적을 올리게. 더 무거운 신뢰를 얻게. 내 가족을 내게 돌려줄 수 있을 정도의 권한과 영향력을 얻게. 내가 자네를 도울 테니 그리하게."

합리적인 판단이었다.

미소공주는 황족인 만큼 제국과 황실에 위험이 될 수 있는 백리흠을 풀어 줄 수는 없었다.

용태계나 황제 또한 마찬가지였다.

결국 장평이어야 했다. 황족이 아닌 자. 마교의 대적으로서 신뢰받는 자. 그리고 백리흠에게 호의를 보인 유일한 유력자. 장평이어야만 했다.

"자네가 설계한 대로 말이야."

장평은 백리흠이 그렇게 결론을 내릴 것을 알고 있었다. 그리고 백리흠은 자신의 결론이 장평이 유도한 것임을 잘 알고 있었다.

그럼에도 불구하고, 그에게 남은 길은 장평밖에 없었다.

"자네의 힘을 빌려 가족을 되찾을 수 있게 해 주게."

제국의 심장이자, 어디 있는지도 모르는 처자를 찾으러 황궁에 잠입하는 것보다는 현실적인 방법이었으니까.

"절망한 내가 자포자기하여 멍청한 짓을 하기 전에 말이야."

무림지존을 비롯한 무림맹 전체를 등 뒤에 달고, 역적이자 무림공적으로서 도주하는 것보다는 합리적인 방법이니까.

"그 말씀을 계약으로 생각하겠습니다."

장평은 차분히 고개를 끄덕였다.

"하지만 말뿐인 계약은 허망한 법이지요. 계약금을 준비해 두었습니다."

"계약금이라니?"

그 순간.

"으흠. 으흠."

문밖에서 헛기침이 들려왔다.

'인기척을 느끼지 못했다.'

흠칫 놀란 백리흠은 반사적으로 검을 쥐었고, 찰나의 시간이 흐른 후 검을 내려놓았다.

"맹주님이십니까?"

백리흠은 절정고수.

그가 인기척도 느끼지 못할 자는 무림을 통틀어 단 한 명. 용태계뿐이었다.

만약 문밖의 상대가 무림지존인 용태계라면, 백리흠이 할 수 있는 것은 아무것도 없었다.

예의와 품위를 갖추는 것 말고는.

"맞네. 용태계일세."

백리흠은 장평을 힐끗 바라보았다.

"무슨 생각이지?"

긴장감과 불안감이 섞인 눈빛에, 장평은 느긋한 미소를 지으며 자리에서 일어났다.

"나가시죠. 맹주님께서 기다리고 계시니."

"내가 바라는 것은 오직 내 처자뿐."

백리흠은 으르렁거렸다.

"그 어떤 것으로도 내 마음을 바꿀 수는 없을 걸세. 협박이나 고문이라면 더욱더!"

"저 또한 첩보원이 아닙니까. 훈련된 첩보원을 협박하거나 고문할 정도로 어리석진 않습니다."

"그럼 왜 무림지존을 불러왔지?"

"제가 불러온 것은 무림지존이 아닙니다."

장평은 잔잔한 미소를 지으며 말했다.

"황실의 최고 웃어른이지요."

그 순간, 백리흠은 벼락을 맞은 것처럼 꿈틀했다. 경계심 어린 눈동자가 흔들리고 입이 벌어졌다. 그는 기대감과 불안감을 동시에 품은 눈으로 장평을 바라보았다.

"갑시다."

장평은 문을 열었고, 황백부 용태계는 느긋한 표정으로 손을 흔들었다.

장평은 미소를 지으며 말했다.

"백리 대협을 기다리는 사람들을 향해서."

북경의 밤하늘에, 세 줄기의 그림자가 날아올랐다.

* * *

십만대산에는 마교가 있었다.

마교는, 아니, 히말라야의 샴발라는 본래 흘러가는 전설에 불과했다.

발할라, 엘도라도, 엘리시온 등등.

그 누구도 실존하리라고는 믿지 않는 뜬구름 같은 비경(祕境)에 불과했다.

히말라야에 실존하는 것은 한때 토번이라 불렸던 제국의 파편. 험난한 산지에 의지해 살아가는 소수의 산악 민족들뿐이었다.

그러나 은거하는 현자들의 비경 샴발라의 소문은 널리 퍼진 지 오래.

짧지 않은 세월 동안 적지 않은 이들이 평생을 허비했고, 비통한 한탄과 함께 고향으로 돌아가곤 했다.

그러나 헛걸음했음을 깨달은 수많은 이 중 한 사람은 좌절하여 귀향하는 다른 이들과 다른 생각을 품었다.

"샴발라가 아직 존재하지 않는다면, 내가 샴발라를 만들면 된다."

신비인은 그렇게 샴발라의 첫 주민이 되었다. 그는 자신과 마찬가지로 샴발라의 헛소문을 좇아 만 리를 여행한 자들이 머물 곳을 만들고, 서로의 지식과 경험을 나누었다.

"무궁한 지식이 쌓인 현자들의 땅이 존재하지 않는다면, 우리가 현자들을 키워 내면 된다."

지식을 추구하여 샴발라로 모인 자들은 모두 고향에서는 더는 배울 것이 없기에 찾아온 자들. 서로가 서로의 스승이 되기에 충분했다.

그렇게 사람들이 모일 때마다 지식이 모였고, 지식이 모일 때마다 산속의 작은 마을은 점점 번성하기 시작했다.

다양한 민족의 학자들 속에서 편견과 풍습은 희석되어 사라져 갔다. 오로지 지식만을 생각하는 이들이기에 지식을 다루는 지식이 새로이 생겨났다.

그렇게 과학자들이 태어났고, 과학적인 사고방식이 정립되었다.

과학적인 사고방식을 가진 이들은 수많은 방문자의 지식을 공유하고 발전시켰다.

"우리가 현자이니, 샴발라는 완성되었다."

샴발라를 찾아 모여든 이들에 의해서.

샴발라의 첫 거주자는 여러 가지 이름으로 불렸다. 혹자는 그를 현자라고 불렀고, 혹자는 그를 마기라고 불렀다. 제각기 자신들의 언어로 그를 높여 불렀다.

그러나 그런 것들은 중요하지 않았다.

"지식 앞에 겸손하라. 지식 앞에 진실하라. 편견과 미신을 배격하고, 감정과 집착을 떨쳐 내라."

중요한 것은 지식, 그리고 그 지식을 다루는 방식뿐이었다.

그러니 상관없었다.

동방인들이 그들을 마교라고 부르며 오해한다 하더라

도 신경 쓸 필요 없는 일이었다.

*　*　*

계몽(啓蒙)은 파괴적인 행위였다.

한 사람의 정신을 구성하던 수많은 것을 부정하고 파훼하는 것이기에.

그중 가장 크고 대표적인 인습이 종교.

계몽된 이들은 대부분 신앙심을 잃었고, 그렇게 버려진 신앙의 잔재들은 신앙총을 이루었다.

그리고 그 분지의 중앙에, 마교의 교주 일물자의 명상실이 위치했다.

일물자는 명상에 잠겨 있었다.

조금 마른 체형에 진한 갈색 피부. 세월을 거스르지 않고 희게 센 백발을 제외하면, 어딜 보아도 평범한 중년 남성에 불과했다.

그가 눈을 뜨기 전까지는.

스윽.

그가 눈을 뜨자, 황금빛 눈동자가 신성한 광휘를 발했다.

중화의 용신 용태계의 기세가 만인을 편안하게 만드는 친근함이라면, 샴발라의 마신 일물자의 기세는 자기도 모르게 몸가짐을 정돈하게 만드는 경건한 기운이었다.

"필립 교수님이십니까?"

"예, 교주님."

앙주의 필립. 신학자이자 신앙총의 관리자였다. 그는 일물자에게 목례하며 말했다.

"교주님의 명상을 방해하여 죄송합니다."

"괜찮습니다. 그럴만한 이유가 있으시겠지요."

마교의 적에게 있어 일물자는 천마였다.

무에는 강약이 있고 지위에는 고하가 있는 법. 하지만 학문에 경중은 없었다.

"필립 교수님께서 제게 하실 말씀이라도 있으십니까?"

"아뇨. 흑암대마에게 전언을 부탁받았습니다."

특히 한 학문의 정점에 위치한 '교수(敎授)' 앞에서는 일물자 또한 무학 및 물리학의 교수에 불과했다.

물리학 교수가 신학 교수를 경시할 자격도, 이유도 없었다.

"아무래도 무인인 자신보다는 제가 다가가는 것이 좀 더 부드럽게 명상에서 깨어나실 수 있을 것이라고요."

"흑암대마가 교수님께 무례를 범했군요."

"맞는 말이고 사소한 심부름입니다. 부디 그의 배려심을 탓하지 마시길."

"교수님의 관대함을 존중하겠습니다. 그를 탓하지 아

니 할 것입니다."

필립은 서류를 내밀었다.

"흑암대마가 전하기를, 새로운 대마의 후보자들을 추렸다고 합니다. 동방의 대적(大敵) 파사현성을 견제하기 위한 자들로요."

서류를 읽어 본 일물자는 고개를 끄덕였다.

"인재들이군요. 경험과 식견을 쌓을 시간이 부족하다는 점이 불안하긴 하지만요."

"두 사람의 환골탈태와 벌모세수를 요청하고 있습니다. 교주님의 대업(大業)에 지장이 가지 않는지 여쭤보고 있습니다."

"두 명 정도라면 크게 늦춰지지 않을 것입니다. 보내라고 하시지요."

"예, 교주님."

서류를 받아 든 필립은 조심스럽게 물었다.

"허락하신다면, 교주님의 눈에 무엇이 보이는지 여쭤봐도 되겠습니까?"

"동방의 혼돈이 저울을 속여 성로(聖路)에서 어긋나고 있습니다. 점점 더 대계(大界)에서 벗어나고 있습니다."

일물자는 담담히 말했다.

"어쩌면 너무 늦었는지도 모르겠습니다."

"대업을 이루기엔 너무 늦었다는 말씀이십니까?"

"대업을 이루더라도 너무 늦었을지도 모른다는 뜻입니다."

필립은 침중한 표정을 지었다.

"참으로 두려운 말씀이시군요."

그가 각오하고 있던 것보다도 안 좋은 상황이기 때문이었다.

"너무 늦기 전에 손을 써야 합니다. 이미 늦었더라도 손을 써야만 합니다. 동방의 혼돈이 저울을 속이는 것을 멈춰야만 합니다. 모든 것을 순리대로 되돌리기 위해서는, 아니, 되돌리기 위한 시도라도 하기 위해서는 오직 한 가지 방법밖에 없습니다."

"그게 무엇입니까?"

일물자의 황금빛 눈동자가 동방을 향했다.

"변수를 줄이는 것."

건곤대나이를 대성한, 그리하여 만유인력의 세계관을 가진 그의 눈에는 중력의 상호작용이 보였다.

그래서 한눈에 알 수 있었다.

"혼돈을, 특이점을 멈춰야 합니다."

동방의 혼돈이 모든 것을 끌어들이고 있는 모습이.

일물자는 담담한 목소리로 말했다.

"그러니 백면야차는 죽어야 합니다."

* * *

세 무인이 착륙한 곳은 황궁의 후원 중 하나였다. 온갖 꽃들이 흐드러지게 피어난 아름다운 정원.

"여긴 구화원(九花園)일세. 내 아내가 손수 가꾸던 곳이자, 황명에 의해 금역(禁域)으로 정해진 곳이지. 이곳이라면 방해받을 일은 없을 걸세."

장평은 조심스럽게 물었다.

"금역이라는 황명을 어기면……."

"당연히 역적이지."

"역적이면 사형 확정 아닙니까?"

용태계는 쾌활하게 말했다.

"내 마누라 꽃밭에 들어왔다고 날 죽이기야 하겠나?"

장평은 한숨을 내쉬었다.

'황백부가 아닌 사람은 어쩌란 거지……?'

그러나 백리흠은 장평과 용태계의 말이 귀에 들어오지도 않는 모양이었다. 그는 초조한 표정으로 구화원의 대문만을 노려보고 있었다.

빗장은 이미 열어 둔 상태.

문이 열리기만을 기다릴 뿐이었다.

'일다경 정도 됐나?'

장평과 용태계는 잡담을 나누며 지루함을 달랬으나, 백

리흠은 핏발 선 눈으로 초조하게 손톱을 깨물 뿐이었다.

기다림은 십 년. 간절함도 십 년이었다. 찰나도 백 년처럼 느껴지리라.

하물며 일다경에 이르러서야.

장평이 진지하게 백리흠의 손톱이 뽑히지 않을까 걱정되기 시작할 무렵.

삐걱.

구화원의 문이 열렸다.

아름답고 현숙한 인상의 여인과 활달해 보이는 소녀가 불안한 표정으로 주변을 돌아보았다.

"아아…… 아아아아……."

텅!

백리흠이 경공을 펼쳐 몸을 날렸다는 것을 장평이 깨달은 것은, 그의 몸이 이미 두 여자의 바로 앞에 무릎을 꿇고 있을 때였다.

"부인. 영아야."

소녀는 조심스럽게 여인을 올려다보았고, 여인은 백리흠을 끌어안으며 말했다.

"영아야, 이분이 네 아버지시란다."

"아빠……?"

소녀가 조심스럽게 묻자, 백리흠은 목이 멘 목소리로 힘겹게 말했다.

"그래, 아빠다…… 내가 네 아빠란다……."

백리흠은 간난신고 끝에 재회한 아내와 처음 보는 딸을 품에 안았다.

"내가…… 내가……."

백리흠이 오열했다.

엉망으로 일그러진 얼굴 위로 사내의 눈물이 흐르고 있었다. 그 누구도 비웃지 못할, 남편이자 아버지로서 흘릴 수 있는 가장 뜨거운 눈물이었다.

'나 또한 저랬을까.'

장평과 백리흠의 입장은 정반대였다.

백리흠이 아버지로서 가족을 만났다면, 장평은 자식으로서 아버지를 만난 순간이었으니까.

하지만 장평은 이해할 수 있었다.

백리흠이 지금 흘리는 눈물의 무게를.

"흠흠."

용태계는 짧게 헛기침을 하고는 장평에게 말했다.

"가족끼리 이야기 나눌 시간을 주도록 하지."

"예."

장평과 용태계는 걸음을 옮겨 대문 밖으로 나갔다. 문을 닫은 용태계는 말했다.

"두 시진 정도 시간을 줄 수 있네. 내가 이 근처에 있는 조건으로."

용태계는 근처의 전각을 턱짓으로 가리키며 말했다.

"여기서 서 있기도 뭐하니 저기서 입이라도 적실까?"

"맨입으로 보내는 두 시진보다는 목이라도 축이는 두 시진이 낫겠지요."

"술과 다과 중에서 뭐가 좋겠나?"

"다과가 좋겠군요."

"안됐군. 이미 술상을 준비시켜 놨거든."

"……그럴 거면 왜 물어보셨습니까?"

투덜거리는 장평을 보며, 용태계는 껄껄 웃었다.

"그 표정을 보려고."

용태계는 장평의 어깨에 팔을 걸치며 말했다.

"그럼 재회한 가족을 위해 건배할까?"

"그러시죠."

장평과 용태계가 웃으며 걸음을 옮긴 순간.

장평은 흠칫 멈춰 섰다.

백리흠의 처자를 데리고 온 동창의 인솔자와 눈이 마주친 순간에.

"너는……."

"왜 그래요?"

낯익은 얼굴, 낯익은 목소리였다.

다른 것은 오직 낯선 옷차림뿐.

"다신 볼 일 없을 줄 알았던 사람이라도 본 것처럼?"

동창의 요원, 서수리가 미소 지었다.

* * *

장평은 놀랐다.

"천하의 장평이 놀라는 모습을 다 보는군."

그리고 놀란 장평을 보며, 용태계는 흥미로운 표정을 지었다.

"두 사람, 서로 아는 사이인가?"

"예. 황백부 전하."

서수리의 공손한 말투에, 장평은 순식간에 침착함을 되찾았다.

"그녀는 요녕에서 함께 임무를 하고……."

"동침한 사이이옵니다."

"……!"

혹 찌르고 들어오는 서수리의 능청스러운 말에 장평의 눈동자가 흔들렸다. 그 모습을 본 용태계는 즐거움이 섞인 흥미를 느꼈다.

"꽤나 재미있는 관계인 모양이군."

장평이 주도권을 뺏기는 상대는 흔치 않았다. 용태계는 서수리를 보며 말했다.

"주안상이 기다리고 있는데, 여기에 서 있을 필요가 있는가?"

"미천한 궁인이 어찌 감히 황백부 전하와 그 의제 되시는 분과 겸상을 하오리까?"

장평은 서수리를 노려보았다.

"의형제는 아니오."

"무림의 풍문에 따르면, 사실상 의형제나 마찬가지라고 들었는데요?"

장평은 이를 악물었다.

"출처도, 책임도 다른 곳으로 돌리는 애매모호한 화법이구려. 치사하다고 생각하지 않소?"

"저는 궁인이고 궁중 화법은 원래 이래요. 본분에 충실한 것이 왜 치사한 일이죠?"

서수리는 여유롭게 웃으며 장평을 약 올렸고, 용태계는 껄껄 웃었다.

"재밌는 술자리가 될 것 같군. 들어오게."

"예, 황백부 전하."

"황족이 아니라 무림인으로 대하고."

"명이시라면야."

세 사람이 들어간 방에는 갓 차려 놓은 따끈따끈한 주안상이 마련되어 있었다. 그야말로 왕후장상의 주안상이었다.

궁인의 신분인 서수리는 궁중의 예법에 맞게 자연스럽

게 용태계의 곁으로 다가갔다. 술 시중을 들기 위해서였
다. 그러자 용태계는 고개를 저으며 말했다.

"무림인으로 대하라니까."

"예."

그러자 서수리는 장평의 곁에 앉아 술 시중을 들었다.

"일부러 이러는 거요?"

"네."

"하지 마시오."

"네."

장난스럽게 웃은 서수리는 빈자리로 가서 앉았다. 용태
계는 재미있다는 표정으로 물었다.

"그래서, 둘 사이가 정확히 어떻게 되나?"

"거칠게 자기 욕구만 풀고는, 다시는 보지 말자는 말을
하더군요. 이렇게 우연히 만나지 않았다면, 평생 다시 보
지 못했을 사이예요."

서수리의 말은 틀림이 없었다. 하지만 여자 입장에서
저렇게 말하니 오해를 사기 딱 좋았다. 아녀자의 몸만 취
하고 내버린 파렴치범이라는 오해를.

용태계는 장평을 바라보았다.

"쓰레기네?"

"아니…… 그게 아니고……."

장평은 쩔쩔매며 서수리를 노려보았다.

그녀는 싱글싱글 웃고 있었고, 그 모습을 본 용태계는 껄껄 웃었다.

"명예를 회복할 기회를 주지. 항변해 보게나."

"끄응……."

별로 꺼내고 싶지 않은 사생활을 스스로 털어놓아야 하는 상황. 장평은 투덜거리면서도 모든 것을 털어놓았다.

"허어. 장평 아우가 요동백으로 책봉 받은 사건에 그런 비사(祕史)가 있었나?"

"책봉 안 받았습니다. 아우도 아니고요."

한마디 한마디마다 날조가 난무하는 것이 과연 모략의 조종인 궁중다웠다. 최고 수준의 첩보원인 장평조차도 허우적댈 정도였다.

"그래, 요녕에서 헤어진 이후에 어떻게 지냈소?"

장평이 평범하게 안부를 물을 수 있게 된 것은 이미 술잔이 두 순배는 돈 뒤였다.

서수리는 차분히 말했다.

"보다시피 황궁으로 돌아와서 일하고 있죠."

"무슨 일을 하고 있소?"

서수리는 용태계를 바라보았다. 말해도 되냐는 눈빛이었다.

"장평은 내 신뢰를 얻은 사내이자 막내의 심복이니, 내가 알아도 되는 일들 중에 그에게 감출 일은 아무것도 없다."

용태계의 허락이 떨어지자, 서수리는 스스럼없이 말했다.

"소소하고 자잘한 일들을 맡고 있어요. 궁궐 청소라든가, 어린아이들의 교육 같은 소소한 일들이요."

"한직으로 밀려난 것처럼 들리는구려. 모용세가에서는 적지 않은 공을 세웠는데 말이오."

"그게, 음지에 머물러야 하는 신분상 제 공적을 전부 요동백에게 강탈당해서······."

서수리가 짐짓 울먹이는 시늉을 하자, 참다못한 장평은 짜증을 냈다.

"날조 없이는 대화가 이어지지 않는 거요? 졸고 있을 때가 그리울 정도로구려."

"흠. 지겨워요?"

"몇 번을 돌렸는데 당연히 지겹지."

서수리는 배시시 웃고는 진지하게 말했다.

"회계과에 잠입한 것을 맹목개에게 들켰잖아요. 공은 공이고 과는 과. 잠입이 어떻게 들킨 건지 보고서 겸 반성문을 쓰느라고 시간이 좀 걸렸어요. 그리고······."

"그리고?"

"동창에는 은퇴가 없으니, 한직도 나름대로의 포상이에요."

다른 정보 집단은 공적에 대한 보상이 명확했다. 금의

위 출신은 벼슬길에 오를 수 있었고, 하오문은 부와 이권을, 개방은 명성과 명예라는 특권을 누릴 수 있었다.

그러나 동창은 어디까지나 동창.

양지로 나갈 일도, 부귀나 명성 같은 개인적인 보상을 받을 일도 없었다.

그저 한 사람의 환관 혹은 궁녀로서 황궁의 그림자에서 머물다가 묘비 없이 묻힐 뿐이었다.

"요직이면 요직일수록 위험이 크거든요."

하물며 상대해야 하는 이들은 천하에서 제일 현달한 관료들과 천하에서 가장 음험한 후궁들.

보상이 없는 동창에서는 위험도, 의무도 없는 한직도 나름대로의 보상인 셈이었다.

"백리흠의 아내와 딸……."

"상생. 백리영."

"상 부인과 백리영을 관리하는 것도 소저의 임무요?"

"임무의 일부죠. 백화원(白花園) 인솔 교사로서의 임무요."

"백화원이 뭐요?"

"황실에서 훈육 중인 황족 이외의 아이들……."

"사생아들을 말하는 거요?"

서수리는 한숨을 내쉬었다.

"섬세함이 부족한 표현이지만, 네. 맞아요. 상생 언니는 그 백화원에서 음악을 가르치고 있고요."

장평은 흥미로운 표정을 지었다.

"시설을 따로 세워 아이들을 교육시킬 정도라면, 백리 대협이 희귀한 경우가 아니었던 거요?"

"외부인인 무림인이 사고를 치는 경우는 드물죠. 대부분은 황궁 내부의 사내들, 특히 어림군이나 금의위가 사고를 치거든요."

"궁녀를 건드리면 모두 죽는 줄 알았소."

"궁인을 건드린 사내는 모두 죽는 거 맞아요. 아직 살아 있는 백리 대협이 보기 드문 예외이죠."

서수리는 담담한 표정으로 말했다.

"하지만 아무도 모르게 태어난 아이들은 쓸모가 있죠. 성장 환경을 완벽하게 통제할 수 있는 그 아이들은……."

"……첩보 요원으로서는 최적이겠구려."

"네. 궁중의 비밀 요원으로 자라죠. 남자는 자질에 따라 호룡단이나 금의위, 여자라면 외모에 따라 동창이나 후궁으로요."

서수리는 장난스러운 미소를 지으며 말했다.

"어쨌건 그래서 제가 상생 언니와 백리영을 데려고 왔어요. 겸사겸사요."

"겸사겸사?"

"인질의 인솔도 중요하지만, 무림맹의 최중요 인물인

장평 대협을 접촉할 기회를 놓치고 싶지 않았거든요."

그녀는 몸을 기울여 얼굴을 가까이 했다. 눈동자에 담긴 촛불이 또 다른 감정을 실은 채 일렁이고 있었다.

눈빛 사이로 미묘한 긴장감이 오감을 느낀 용태계가 넌지시 말했다.

"한 시진 정도 산책이나 하고 올까?"

장평은 손을 내저었다.

"궁인 잘못 건드렸다가 코가 꿰인 사람 면회시켜 주러 온 자리에서요? 사양하죠."

그러나 용태계보다 서수리가 먼저 말했다.

"사양하지 않아도 된다면요?"

"무슨 소리지?"

"동창에서도 장평 대협과 소통 가능한 회선을 만들고 싶어 해요. 그리고 지시와는 별개로 저도 장평 대협과 회포를 풀고 싶고요."

서수리는 무릎으로 한 걸음 걸었다. 손을 뻗으면 닿을 위치에서 그녀는 장평을 바라보았다.

"어떤 책임도, 아무 대가도 치르지 않아도 된다면 생각이 바뀔까요?"

대부분의 인간관계에서 장평은 상대방을 휘두르는 쪽이었다. 남녀관계 또한 마찬가지였다.

하지만 서수리는 장평이 예상하지 못한 방식으로 훅 파

고 들어왔다. 저번에도 그랬듯이.

"이러지 마시오. 맹주님이 보고 계시……."

장평은 도움을 청하듯 용태계를 돌아보았으나, 용태계는 어느새 문간에 서서 손을 흔들고 있었다.

"한 시진 뒤에 보세나!"

"……."

문이 닫혔고, 방 안에는 두 남녀만이 있었다. 서수리는 장평에게 몸을 기댔고, 그녀의 부드러운 몸과 독특하고 농밀한 향기가 장평의 코를 간질였다.

"그날 밤이 제게도 특별한 밤이었다고 하면 믿을 건가요?"

서수리의 목소리는 달콤했고, 그 내용 또한 유혹적이었다.

"동창의 요원이 아닌 서수리가, 파사현성이 아닌 장평을 다시 만나길 기다려 왔다는 말도?"

"믿어 보고 싶긴 하구려."

"그럼 믿어 주세요."

장평은 이십 대 초반. 젊고 피 끓는 사내의 몸을 가지고 있었다. 하지만 장평은 첩보원으로서 자신의 감정을, 무림고수로서 육체적 욕구를 철두철미하게 이성의 통제 하에 두고 있었다.

"내 몸이 이상하구려."

지금이 아닌, 평소에는.

"대체 무슨 수작을 부린 거요?"

"뱃살을 좀 뺐죠. 화장도 했고요. 그거 말고는 아무 수작도 안 부렸는데요?"

"장기적인 신뢰 관계를 구축하려면 최소한 그 첫걸음은 솔직해야 하지 않겠소?"

"향을 썼어요. 용연향이랑 사향."

서수리는 배시시 웃었다.

"술과 안주, 그리고 양초와 제 몸에 뿌린 향수예요."

"허……."

장평은 헛웃음을 지었다.

"부릴 수 있는 수작은 다 부렸군."

"예. 그러니 당신 책임이 아니에요."

서수리는 천천히 장평의 몸을 눕혔고, 그의 몸 위에 무게를 실었다.

부드러운 여체의 감촉을, 그리고 무게감을 어떻게 써야 하는지 능통한 달인의 술수였다.

"나는……."

"쉿."

서수리는 장평의 입술에 손가락을 얹었다.

"말도, 생각도 나중에 해요."

그녀가 가볍게 어깨를 흔들자, 단정하고 빈틈없어 보이

던 궁녀복이 흘러내렸다.

날씬함을 되찾은 복부 사이의 배꼽이 앙증맞았다.

서수리는 몸 전체를 써서 장평의 감각을 교활하게 자극했다. 벗어나려 하면 할수록 더욱더 단단히 휘감기는, 쾌락의 거미줄이 점점 사내의 몸을 옭아매기 시작했다.

"몸에게, 감각에게 모든 걸 맡겨요."

요녕의 객잔에서 도발당한 장평은 굶주린 맹수처럼 거칠게 서수리를 집어삼켰었다. 상대에 대한 배려는 전혀 없는, 자신의 욕정만을 풀기 위한 이기적인 움직임으로.

"생각 따윈 잊어버려요."

이번에는 여왕 거미가 거미줄에 걸린 먹잇감을 집어삼킬 차례였다.

"지금은…… 느낄 차례니까요."

서수리는 입술을 핥았다.

* * *

일전에 요녕의 객잔에서 장평은 맹수처럼 거칠었다. 두 사람은 빠르고 격렬하게 움직이며 짐승처럼 몸을 섞었다.

그에 비하면 지금, 황궁의 빈방에서 포개진 두 사람의 움직임은 그리 크지 않았다. 여유롭고 느릿한, 겉으로 보기에는 멈춰 있는 듯한 모습이었다.

그러나 멈춰 있는 것은 몸 바깥의 움직임에 불과했다.

서수리는 자신의 몸을 잘 알았다. 살과 살이 닿는 감각을 잘 알았다. 그녀는 작고 미묘한 움직임만으로 사내에게서 이색적인 쾌감들을 연이어 일으켰다.

"으으······."

지휘봉을 몸 안에 품은 서수리는 악공과도 같이 정교한 솜씨로 두 육체를 자극했다.

그녀는 장평이 어떠한 자극에 익숙해지기 전에 또 다른 자극을 일으켰다. 연주의 완급을 섬세히 조절하며 준마처럼 거친 사내의 욕망을 아슬아슬하게 통제했다.

"후······."

물론, 장평이 원한다면 어렵지 않게 자신의 뜻대로 움직일 수 있었다.

하지만 장평은 그러지 않았다.

감각들의 합주에 젖어 생각할 여유가 없기도 했다. 하지만 그 이상으로, 그의 몸이 이 낯설고 은근한 쾌락이 계속되기를 갈망했기 때문이었다.

더욱더 깊어져 가는 갈증과 잔이 넘치기 직전의 팽팽한 감각.

서수리라는 정교한 악공이 이끄는 대로 따라가면, 이 아슬아슬한 감각을 가장 진하게 마무리 지을 수 있음을 본능적으로 느끼고 있기 때문이었다.

"욱!"

마침내 폭발했을 때, 장평은 쾌감을 느낀 사내 특유의 허탈감을 느끼지 않았다.

그가 느낀 것은 온몸이 기분 좋게 달아오른 상태로 잔잔하지만 연이어 밀려드는 쾌락. 장평을 여기까지 데리고 와 준 서수리에 대한 고마움과 사랑스러움만을 느낄 뿐이었다.

감각의 정점에서 벗어나 이성을 되찾은 장평이 몸 위의 서수리를 느꼈을 때, 장평은 활처럼 휜 서수리의 몸도 팽팽한 긴장감 속에서 잘게 떨리고 있음을 확인했다.

만족감을 느낀 것은 장평만이 아니었다.

'다행이군.'

장평은 그 사실에 안도감을 느꼈다. 사소하다면 사소하지만, 중요하다면 중요한 감정을.

"후아……."

길고 강렬한 감각을 거친 서수리의 몸은 줄이 끊어진 것처럼 장평의 몸 위에 풀썩 쓰러졌다.

그도, 그녀도 은근한 열기만 몸 안에서 피어오를 뿐 한 방울의 땀도 나지 않았다. 그렇기에 두 사람의 촉감과 체온은 아무런 불순물 없이 뒤섞였다.

장평은 쓴웃음을 지었다.

'세상에. 이게 대체 무슨 상황이람.'

재회를 예상치도 못한 사람과 계획에도 없던 일을 돌발적으로 치렀다.

　그것도 천하에서 가장 엄중한 황궁에서 황제의 여인을 취한 것이었다.

　바로 옆 건물에는 자신과 똑같은 행동의 대가로 인생을 빼앗긴 사내가 있는데도.

　'앞일이란 정말 모르는 법이로군.'

　장평은 자신의 몸 위에 엎드린 서수리의 머리카락을 쓰다듬었다.

　그녀의 몸은 여성적인 부드러움을 품고 있었고, 비단결 같은 피부 안쪽에서부터 은은한 열기가 올라오고 있었다.

　장평은 몸으로 느낀 감각을 솔직히 말했다.

　"확실히, 뱃살이 줄었구려."

　"후후……."

　서수리가 키득거리며 웃는 것이 진동으로 느껴졌다. 그녀는 장평의 가슴팍에 얼굴을 기댄 채, 장평의 얼굴을 바라보았다.

　"잠이 늘고 운동할 시간이 생겼죠. 빌어먹을 회계과에서 해방된 덕분에요."

　"동창보다 고된 곳이라니. 회계과는 참으로 무서운 곳이구려."

"진심으로 다신 가고 싶지 않아요. 까라면 까는 곳이 동창이라고는 해도, 임무의 좋고 나쁨은 갈리는 법이니까요."

"이번 임무는 어땠소?"

서수리는 장평의 얼굴을 바라보며 말했다.

"장평 대협을 꼬시는 임무요? 좋은 임무죠. 쉽고 즐거운 일이잖아요."

"……쉬워?"

장평은 발끈했다.

"나는 그리 쉬운 사람이 아니오. 방심하지 않은 평소에는."

"흠…… 그런 것치곤 만날 때마다 하지 않았어요?"

서수리의 의뭉스러운 말에 장평은 투덜거렸다.

"또 날조로군. 두 번밖에 안 했잖소."

"틀린 말은 아니잖아요? 그 정도면 황궁에서는 진실인 편이죠."

장평은 쓴웃음을 지었다.

"지금 황궁에서 도망치고 싶어지는 말이구려."

서수리는 천천히 하체를 들어 올렸다. 결합되었던 두 사람의 몸이 떨어지자, 서수리는 몸으로 기어서 장평의 귓가에 입술을 갖다 댔다.

장평은 촉촉한 숨결과 농 섞인 정담을 예상했다.

그러나 서수리의 귓속말은 낮고 단호했다.

〈숨어서 듣는 사람이 있어요.〉

장평은 놀라움을 무감정으로 짓눌렀다. 그러고는 감각을 예민하게 다듬어 주변을 살폈다.

확실히 일류고수로 추측되는 여러 명의 기운이 느껴졌다. 말소리가 들릴 만한, 그러나 속삭임은 들리지 않을 만한 위치였다.

장평이 가볍게 고개를 끄덕이자, 그녀는 나른하고 촉촉한 목소리로 말했다.

〈동창 내부의 다른 파벌이에요. 저희 파벌과는 적대적인 파벌이죠.〉

"좀 전과 같은 방식의 교합(交合). 전에도 겪어 본 적 있어요?"

"없소."

장평이 대답하자, 서수리는 배시시 웃었다.

〈신뢰할 수 있는 외부인의 도움이 필요해요. 그리고 제가 믿는 외부인은 장평 대협뿐이에요.〉

"나름 궁중 비법이랍니다. 양기를 지키면서 즐거움을 주는 보양위(補陽位)라고 하지요."

서수리는 신기하게도 귓속말과 말을 동시에 했다. 일종의 복화술(複話術)인 모양이었다.

〈평곗거리를 만들어 줘요. 저를 황궁과 무림맹 바깥으

로 불러낼 수 있는 핑곗거리를요.〉

"원래는 연로하여 기가 쇠하신 귀인을 모실 때 쓰는 수법인데, 어때요? 신기하죠?"

장평은 눈을 가늘게 뜨며 말했다.

"확실히 놀랍구려. 지금 당장이라도 한 번 더 할 수 있을 것 같소. 시간과 상황이 허락한다면 출궁하여 함께 밤을 보낼 수 있겠소?"

지금 당장 내보내 주길 바라냐는 장평의 말에 서수리는 말했다.

"잊으셨어요? 상앵 언니와 백리영을 제가 인솔해 왔다는 것을?"

〈오늘이 아닌, 나중에요.〉

장평은 물었다.

"나는 동창이나 황궁의 법도에 무지하오. 훗날 내가 소저를 다시 보기를 청한다면 볼 수 있겠소?"

서수리는 답했다.

〈예. 내일 저녁 무렵이 좋겠네요.〉

"제 상관은 제게 장평 대협과 접촉하라는 임무를 내렸죠. 저는 궁녀이기 전에 동창의 요원이니, 언제든지 편할 때 부르세요."

장평은 물었다.

"알겠소. 그럼 당장 내일이라도 볼 수 있겠소?"

서수리는 고개를 끄덕이며 말했다.

"예. 허락을 받아 둘게요."

〈맹주님이나 미소공주에게는 들키지 않게 주의해 주세요.〉

장평은 눈을 가늘게 뜨며 말했다.

"혹시, 소저를 불러내는 것이 문제가 되지는 않겠소? 나는 무림인인 동시에 제국의 신하라오."

"신하요?"

서수리는 키득거리며 몸을 일으켰다.

"그건 황궁의 지붕 아래에서 궁인을 품기 전에 해야 할 말이 아닐까요?"

그녀는 몸을 기울여 장평에게 가볍게 입술을 포개면서, 그의 옆구리에 은밀히 글자 하나를 그렸다.

아닐 부(不).

제국에 거스르는 일은 아니라는 의미였다.

짧은 입맞춤을 마친 장평은 고개를 끄덕였다.

"슬슬 맹주님이 오실 때가 되었구려. 옷을 입고 환기도 좀 합시다."

"그러죠."

장평과 서수리는 아무 일도 없었다는 것처럼 방을 정리하고 잡담과 함께 술잔을 기울였다.

'대체 무슨 일이지?'

도무지 짐작이 가지 않았다. 장평이 미소와 잡담 너머로 숙고하는 동안, 용태계가 돌아왔다.

　그는 헛기침을 하며 물었다.

　"……했나?"

　"네."

　"황궁 안에서 궁녀와 정을 통하다니, 배짱도 좋군. 그러다가 팔자 꼬인 사람이 한두 명이 아닌데 말이야."

　"팔자야 이미 꼬일 만큼 꼬였으니까요."

　용태계는 피식 웃었다.

　"자, 그럼 가족들을 갈라 놓으러 가 볼까?"

　"예."

　사람들은 밖으로 나갔다.

　용태계는 가능한 한 천천히 걸음을 옮겨, 문을 두드리며 말했다.

　입술만 달싹거릴 뿐 말소리가 들리지 않았다. 가족들과 모양새 좋은 작별 인사를 나누라는 전음을 보낸 것이리라.

　약간의 시간이 지난 후, 세 사람이 밖으로 나왔다.

　백리흠은 용태계와 장평의 쪽으로, 상앵과 백리영은 서수리 쪽으로 몸을 돌렸다.

　무거운 표정으로 침묵하는 사람들 속에서 백리영이 갑자기 입을 열었다.

"아빠, 다음에 언제 오실 수 있어요?"

백리흠은 흠칫했다. 그는 순간적으로 용태계의 안색을 살폈으나, 이번이 특례라는 사실은 백리흠 자신이 누구보다 잘 알고 있었다.

"조만간."

그래서 백리흠이 할 수 있는 말은 그게 전부였다.

그러나 아직 어린아이인 백리영은 그 말의 무게를 읽을 수 없었다. 그녀는 백리흠이 말한 '조만간'이 자신이 이해하는 '조만간'과 동일하리라 착각하며 환한 미소를 지었다.

"다음번에 호로사(葫蘆絲)를 불어 드릴게요. 엄마나 다른 선생님들도 칭찬해 주셨어요."

피리의 일종이었다.

백리흠은 미소를 지으며 고개를 끄덕였다.

"기대하고 있으마. 연습……."

뭐라고 말해야 할까?

금방 볼 수 있을 테니 연습을 많이 해 두라는 거짓말?

아니면 다시 보기 어려우니 연습할 필요 없다는 솔직하지만 잔인한 말?

백리흠은 씁쓸한 미소와 함께 하려던 말을 꿀꺽 삼켰다.

"다음에 보자꾸나."

"네! 아빠!"

백리영은 즐겁게, 그리고 상앵은 쓸쓸하게 몸을 돌렸다. 백리흠은 그 자리에 서 있었다.

그들의 몸이, 그리고 그림자가 골목 너머로 사라질 때까지.

용태계는 백리흠의 어깨에 손을 얹었다.

"가지."

"예, 맹주님."

백리흠은 정중히 포권했다.

"이런 자리를 마련해 주셔서 감사합니다."

"감사라면 장평에게 하게나. 나는 이 정도로 섬세한 사람이 아니니."

백리흠은 몸을 돌렸다.

"고맙네, 장평."

"계약금을 치렀을 뿐입니다."

백리흠의 인사에, 장평은 미소를 지었다.

"최선을 다하도록 하지요. 가족을 되찾기 위해서. 그리고 마교를 파멸시키기 위해서."

"나는 무슨 짓이건 할 걸세."

백리흠은 고개를 끄덕였다.

"내 처자를 되찾기 위해서라면."

回生武士

3장

3장

다음 날.

장평은 남궁연연을 찾아갔다.

"출장 갔던 일은 잘 풀렸어?"

"잘 안 풀렸다면 못 돌아왔을 거요."

"그렇네. 무의미한 질문을 했네."

남궁연연은 웃으며 장평과 담소를 나누었다.

"요즘은 무슨 책을 읽고 있소?"

"불교를 중심으로 보는 고대 천축의 종교와 철학에 대한 책들."

"신기한 부문에 관심을 갖게 되었구려."

남궁연연은 눈을 초롱초롱 빛냈다.

"중화에 들어온 외래문화 중에 가장 잘 뿌리내리고 융화한 것이 불교야. 그런데 정작 그 불교는 천축에서는 융화되지 못했지. 흥미롭지 않아?"

"미안하오. 그렇게까지 흥미롭진 않구려."

"그럼 기(氣)를 사용해서 신체 능력을 향상시키는 기법들의 원류가 천축이고, 불교를 타고 건너왔다는 가설은 어때?"

"그건 흥미가 가는구려."

"역사에는 관심이 없지만, 무학사(武學史)에는 흥미가 생기는 거야?"

남궁연연은 어이없다는 듯이 웃었다.

"하여간 무림인이란."

그녀의 미소를 보며 장평 또한 웃었다.

'다행이다.'

남궁연연은 변하지 않았다.

'과학'과 접촉했음에도 불구하고, 첨단 지식의 보고인 마교를 알면서도 그녀는 스스로를 잃지 않았다. 그러면서도 학자로서의 왕성한 호기심을 유지하고 있었다.

그 점이 고맙고 기특했다.

그래서 장평은 웃었다.

"나는 정말 운이 좋은 사람이오. 소저를 만날 수 있어서."

"그걸 이제 알았어?"

남궁연연은 많은 것을 떠들어 댔다. 이득이 되는 지식부터 흥미롭기는 한 지식, 그리고 아무 쓸모없고 관심도 생기지 않는 지식까지.

해가 저물 무렵, 체력이 부족한 남궁연연은 말하는 것에 지쳐 피곤한 기색이었다.

장평은 꾸벅꾸벅 졸고 있는 그녀를 품에 안았다. 소녀치고는 크고 성인 여성치고는 작은 어중간한 몸.

"에헤헤……."

비몽사몽인 그녀는 자신을 안은 것이 장평이라는 것을 깨닫고 배시시 웃으며 졸음을 즐기고 있었다.

그 순간, 장평은 자신도 모르게 떠올렸다.

〈약속해. 여기까지 닿으면 나도 여자로 대해 주기로.〉

남궁연연의 말을.

'올해가 지나기 전에 쇄골에 닿겠군.'

장평은 그녀를 고서각 구석의 이부자리에 눕혔다. 미소와 함께 잠든 남궁연연을 내려다보며, 장평은 몸을 일으켰다.

약속 시간이 다가오고 있었다.

남궁연연과 약속한 시간도.

'서수리.'

그리고 서수리와 약속한 시간도.

* * *

서수리와 만날 약속을 잡는 것은 그리 어려운 일이 아
니었다. 동창 쪽에서도 장평과 접촉 혹은 포섭할 계획이
있기에 쉽게 연락을 주고받을 수 있었다.

"동창의 서수리를 만나고 싶습니다."

그저 그 얘기를 해야 하는 대상이 미소공주라는 점이
문제였지.

"서수리? 요녕에 동행했던 동창의 잠입 요원 말인가?"

"예."

"이유는?"

"개인적인 친분 때문입니다."

미소공주는 눈을 가늘게 떴다.

"개인적인 친분이라고……?"

그녀는 첩보 전문가이자 황궁에서 자라 온 몸.

서수리와 장평 사이에서 몸이 통했으리라는 사실을 단
번에 눈치챈 모양이었다.

"네 사생활에 대해 간섭할 생각은 없다만, 황궁 안의
일에 끼어드는 것은 피하는 편이 좋을 거다."

"경고입니까?"

"조언이다."

"그럼 이유를 물어도 되겠군요."

"천하제일의 현인이 누구인지는 이론의 여지가 있겠지. 하지만 개인이 아닌 구성원들의 평균을 냈을 때 가장 현명한 조직이 어디의 누구냐고 묻는다면……."

"조정의 당상관(堂上官)들이겠지요."

당연한 결론이었다.

학문의 정점에 이르러 과거 시험을 통과한 중화 각지의 현자들만 모아 놓은 곳이 조정.

"조정에는 다양한 부류의 사람들이 있다. 물욕이나 야망이 강한 자. 명예나 권력에 중독된 자. 혹은 자신이 품은 의문을 실험해 보고 싶어 하는 광인까지. 하지만 다양한 인물상 중에 단 한 부류의 사람만은 찾아볼 수 없으니."

"어리석은 사람이겠지요."

그 조정에서 수십 년간 살아남고 유능함을 증명한 이들만이 당상관에 오르는 것이니까.

"그리고 그들을 견제하는 이들이 동창이지."

미소공주는 차분한 표정으로 말했다.

"나는 네 상관이지, 아내나 연인이 아니다. 자발적으로 보고한 이상 네가 사내로서의 즐거움을 누리는 것에 간섭할 이유는 없다. 다만, 황궁의 사람으로서 해 줄 충고가 있다."

"무엇입니까?"

"네가 동창과 관련해서 어떠한 결단을 내려야 하는 상황이 된다면, 결단하기 전에 이 말을 떠올려라."

미소공주는 담담한 표정을 지었다.

"그것이 정말로 네가 바라던 일이 맞는지를."

장평은 침묵했고 숙고했다.

그는 천천히 고개를 끄덕였다.

"예, 공주님."

미소공주는 장평이 자신의 경고를 무겁게 받아들였다는 사실을 확인했다. 그렇다면 더 이상 할 말은 없었다.

그녀가 말했듯이 미소공주는 장평의 상관일 뿐이었으니까.

"시간과 장소는 정했나?"

"예."

장평은 미리 적어 온 요청서를 내밀었다.

그 순간, 미소공주는 요청서를 받는 대신 장평을 바라보았다.

"서수리는 남궁연연과는 정반대의 사람이지."

"그렇긴 하지요."

"서수리의 어떤 점이 그렇게 마음에 들던가? 동창의 요원임을 알면서도 개인적인 만남을 가질 만큼?"

묘한 일렁임이 담긴 눈동자였다.

'서수리는 미소공주나 맹주님에게는 이 접선을 비밀로

해 달라고 했다.'

장평은 순간적으로 계산했다.

'그렇다면 개인적인 욕정으로 만나는 것이라고 여기게 만드는 편이 낫겠지.'

최소한 서수리를 직접 만나 이야기를 들어 보기 전까지는 말이다.

장평은 차분히 말했다.

"개인적인 질문입니까?"

"반쯤은."

"반쯤은 아니라는 말이로군요."

"내 최고 자원이 처음으로 보인 개인적인 감정이다. 악용의 가능성이 있으니, 상관으로서 확인하는 편이 합리적이지 않겠나?"

"밤 기술 덕분입니다."

장평은 무표정한 얼굴로 말했다.

"사내를 다루는 법에 능숙하더군요. 분위기와 상황의 완급을 조절하는 능력이요."

"어떤 분위기와 상황을 만들지?"

"감추지 않아도 되는 분위기. 억눌렀던 응어리를 마음껏 토해 내도 되는 상황을요."

"나와는 정반대의 여자로군. 항상 경계하고 긴장하게 만드는 나와는……."

씁쓸함이 은은하게 배어 나오는 미소공주의 말에 장평은 침묵할 뿐이었다. 어떻게 받아들여야 할지 몰랐기 때문이었다.

"공주님, 저는……."

장평이 자신도 모르게 입을 연 순간, 미소공주는 조롱하듯 말했다.

"천하의 파사현성에게서 그런 말까지 나오게 만들다니. 동창은 여전히 명불허전이로군."

미소공주는 섬섬옥수를 뻗어 장평이 내민 종이를 집었다.

"좋은 밤을 즐기게, 장평. 일 얘기는 잊어버리고."

"예."

예를 표한 장평이 걸어 나가자, 미소공주는 자신의 손 위에 들린 요청서를 바라보았다.

"……."

순간적으로 미소공주의 눈동자가 흔들렸다.

마치 이 종이를 찢어발길 것처럼 격렬하게.

그러나, 그것은 찰나의 동요에 불과했다.

"……."

그녀는 아무 말 없이 팔을 옆으로 뻗었다.

그러자 그림자 속에 숨어 있던 호위 무사가 요청서를 받고서 사라졌다.

"욕망도, 감정도 풀어낼 수 있는 여자인가."

어두운 석실. 홀로 남은 미소공주는 차가운 돌 의자에 몸을 묻은 채 천장을 바라보았다.

미소공주는 지그시 눈을 감았다.

정적과 암흑 속에서 그녀는 느꼈다.

'차갑구나.'

돌 의자는 단단했다. 몸을 기대기에는 충분했다. 하지만 쉬기에는 딱딱했다. 안락함을 주는 대신 몸의 체온을 빼앗아 갔다.

그곳이 미소공주의 자리였다.

'항상 경계하고 긴장하게 만드는…… 나와는…… 다른…….'

누군가는 앉아야 하는, 차갑고 딱딱한 돌 의자. 그곳에 홀로 앉아 황실의 적들을 막아 내는 것이 미소공주가 택한 자리였다.

그랬다. 홀로.

'나와는 다른…….'

정적과 어둠이 심해처럼 느껴졌다. 아무 빛도, 온기도 도달하지 못하는 심해. 그녀 스스로도 정체를 모르는 탁하고 무거운 무언가가 그녀를 옭아 매고 있었다.

'솔직해질 수 있는…… 여자…….'

* * *

장평이 도착한 곳은 북경 변두리의 어느 객잔이었다. 물류 유통을 위한 창고들, 그리고 그 관련 노동자들이 사는 주거지역이었다.

북경치고는 저렴한 방과 싸구려 독주, 그리고 그보다 허름한 막일꾼들이 만취하여 와자지껄 떠드는 곳이었다.

장평 또한 허름한 옷을 입고 싸구려 독주를 주문했다. 하지만 마시지는 않았다.

취해도 되는 만남이 아니었기 때문이었다.

반각 정도 기다리자, 누군가가 다가와 장평의 앞에 앉았다.

"오래간만이에요."

"어제 봤잖소."

서수리는 혀를 낼름 내밀며 웃었다.

허름하고 너덜거리는 옷. 머리에는 두건까지 두른, 완벽한 하층민 아낙의 옷차림이었다.

아마 누군가가 본다면, 젊은 외간 남자와 정을 통할 생각에 들뜬 아낙네로 보이리라.

그럴 생각으로 변장했을 테니까.

"방은 잡았어요?"

"잡았소."

"그럼 올라가죠."

"그러지."

장평은 마시지도 않을 술병을 든 채로 방으로 올라갔다.

서수리와 장평 둘 다 잠시 침묵 속에 조용히 움직였다. 서수리는 벽에 귀를 댔고, 장평은 창가에 서서 주변을 돌아보았다.

두 사람은 목소리를 낮춰 말했다.

"옆방은 몸 섞으려고 온 대실 손님 같네요."

"이 주변에는 두 명의 무림인이 있소. 밑에서 술을 마시는 척하던 놈 하나. 바깥의, 이 객잔 전체가 직접 보이는 위치에 하나."

"소리가 들릴 만한 위치인가요?"

"바깥에 있는 놈은 못 들을 거요. 밑에 있는 녀석은……."

잠시 가늠해 보던 장평은 말했다.

"애매하군. 개인차에 따라서는 평범한 대화 소리는 들릴 수도 있소."

"지금처럼 작게 말하면요?"

"대다수는 주변의 소음에 묻히고, 몇몇 단어만 들을 수 있을 거요."

"대략의 상황이나 대화의 맥락은 알 수 있다는 거네요?"

"듣는 사람의 추리력에 따라 다르겠지."

"동창 요원들은 엿듣기의 전문가들이죠. 그러니……."

서수리는 침상에 걸터앉아 옷고름을 풀었다. 허름하고 지저분한 옷과는 달리, 희고 여성스러운 곡선의 속살이 장평을 유혹했다.

"잠을 좀 낸 뒤에 얘기하죠?"

장평이 다가가자, 서수리는 침상 위에 몸을 눕히며 치마를 벗어 내렸다.

운동 부족으로 도톰했던 뱃살은 날씬해졌지만, 무공을 익히지 않은 그녀의 몸은 갓 쪄 낸 떡처럼 부드러움 속에서 탄력이 있었다.

특히 엉덩이는 살이 빠지기 전과 변함없이 둥글고 탄력 있었다. 골반에서 이어지는 그 곡선 덕택에 허리는 실제보다도 훨씬 더 가늘게 느껴졌다.

보면 볼수록, 만지면 만질수록 빠져드는 매혹적인 여체였다.

홍염살이란 말은 거짓말이었지만, 그게 사실이라 하더라도 이상하지 않을 정도로.

그녀의 위에 몸을 실으며 장평은 물었다.

"미리 묻겠소만, 일 얘기와 위장하는 것 중에 뭐에 더 집중해야 하오?"

"당연히…… 일 얘기죠."

서수리는 말과는 달리 도발적인 눈빛으로 장평의 허리
에 다리를 감았다.

　장평은 쓴웃음을 지었다.

　'쉽지 않을 것 같군⋯⋯.'

　　　　　　　＊　＊　＊

　올라탄 것도 장평, 움직이는 것도 장평.

　서수리는 얌전히 누워 장평의 몸을 끌어안고 있었다.

　겉으로 보기에는 순순히 장평을 받아들이는 것에 집중
하는 것처럼 보였지만, 그녀는 여전히 사내의 몸을 사로
잡고 있었다.

　간간이 보이는 작고 교묘한 움직임은 장평이 순간적으
로 통제력을 잃을 정도의 자극을 전하곤 했다.

　서수리에게는 여유가 있었다.

　그 사실은 장평이 순간적으로 수컷 특유의 강렬한 맹수
성을 느끼게 만들었다.

　이 암컷을 무너트리고 싶다고.

　일말의 여유조차 없이 흐트러져, 자신의 몸에 매달려
신음하게 만들고 싶다고.

　장평은 놀랐다. 자신의 안에 이런 충동적인 면이 있었
다는 사실에. 그리고 그 욕망을 거침없이 드러내고 있다

는 사실에.

그래서였다.

그녀의 몸 안에서부터 쾌감의 파문이 전해져 오는 것이, 서수리의 여유가 점점 없어지는 것이 느껴지자, 장평이 피 맛을 본 맹수처럼 흥분하여 집요하게 파고든 것은.

"들리고…… 있어요……."

서수리는 신음하며 속삭였다.

알고 있었다. 누군가가 듣고 있다는 것을.

그러나 그 사실은 맹수를 침착하게 만드는 대신, 진귀한 향신료처럼 색다른 풍미만을 느끼게 만들 뿐이었다.

장평은 더욱 격렬하고 정교하게 움직이며 서수리를 밀어붙었다.

"이…… 바보……!"

서수리가 입술을 깨문 순간, 장평은 그녀의 몸 전체로 큰 파도가 내달리는 것을 느꼈다.

그녀의 몸 전체는 팽팽히 당겨졌고, 쭉 뻗은 다리 끝의 발가락까지 꼿꼿하게 경직되었다.

"윽……!"

오직 달뜬 숨결과 움찔거림만이 그녀가 보일 수 있는 움직임이었다.

그 순간 장평은 강렬한 정복감과 함께 폭발적인 육체적 쾌감을 느꼈다.

"후……."

장평은 서수리의 몸 위로 무너졌다.

숙련된 무림인인 장평은 고통에는 익숙했다. 하지만 쾌락이 그를 움켜쥐는 것은 저항할 수 없었다.

이토록 강렬한 쾌감이라면 더욱더.

시간이 지나자, 강렬한 자극 대신 느긋한 안락함이 밀려 들어왔다.

숨을 쉴 때마다 서로의 흉곽이 움직이는 것이 느껴졌다. 서로의 근육이 진정되는 것도, 서로의 피부에 땀방울이 올라오는 것도 느껴졌다.

그러나 신기하게도 조금도 더럽거나 불편하게 느껴지지 않았다.

장평과 서수리 모두 설명할 수 없는 멋쩍음 속에서 키득거릴 뿐이었다.

"일 얘기를 위한 위장 아니었소?"

"그러게요."

두 사람은 한 덩어리가 된 채 서로의 귓가에 속삭였다. 다른 누구에게도 들리지 않을 베갯머리 밀담을.

"자, 그럼 슬슬 본론을 꺼내 보시오."

장평은 서수리를 바라보며 말했다.

"무슨 얘길 하려고 불렀소?"

"조정에 수상한 사조(思潮)가 돌고 있어요."

"사조?"

낯선 단어였다.

"학자들의 유행이요."

"아."

조정의 대소 신료들은 지위를 불문하고 과거 시험을 통과한 고학력자였다. 거기에 학파 또한 하나의 인맥. 사조가 있다 해도 이상할 것이 없었다.

"동창과 금의위가 있는데, 조정의 일을 왜 외부인인 내게 말하는 거요?"

"우리가 잘 모르는 분야의 전문가니까요."

"동창이 모르는 분야?"

"동창은, 좀 더 정확히 말하면 제가 속한 동창 내부의 파벌 '청소반'에서는 그들이 마교도가 아닌가 의심하고 있어요."

"……마교."

찬물을 뒤집어쓴 기분이었다.

쾌락의 여운을 느끼던 사내의 느긋한 눈빛이 순식간에 첩보원의 정련되고 차가운 눈빛으로 바뀌었다.

"신중히 말할 것을 권하겠소. 진지하게 들을 예정이니까."

"동창, 그러니까 동창 제독을 위시한 동창의 정규 명령 체계 안에서는 마교의 일을 다루지 않고 있었어요. 동창의 주 업무는 궁중과 고관대작들의 권모술수에 대처하는 것. 지금까지는 궁인과 고관들에게 마교가 전파되는 일이 없었으니까요."

"이젠 생겼다는 말이오?"

"의심스러운 사람들이 있어요. 그들이 마교도인지 확인하고 싶어요."

"동창 제독에게는 비밀로 하고 말이오?"

"예."

장평은 서수리를 바라보았다.

"왜 그래야 하오?"

"듣자 하니, 마교는 지식으로 된 전염병과 같다고 하더군요. 알기만 해도 감염되고, 충성심이 약해지는 합병증까지 존재한다고요."

"맞는 말이오. 비밀로 하기로 한 것도 그 때문이오."

"문제는 바로 그 점이에요. 마교에 대해 아무것도 모른다면, 우리가 어떻게 마교가 전파되는 것을 막겠어요?"

"당신들은 모르는 편이 낫소."

장평은 냉정히 말했다.

"동창 요원들이라 해도 마교에 감염될 수 있으니까."

"전문가의 견해를 부정하지는 않겠어요. 하지만 우리와 정보를 공유하지 않겠다면, 우리가 의심하는 자가 마교도가 맞는지 정도는 확인해 줘야 하는 것 아니에요?"

맞는 말이었다.

장평은 잠시 생각하다가 말했다.

"마교를 이해하는 자는 나뿐만이 아니오. 미소공주에게 공식적으로 요청하는 편이 낫지 않겠소?"

"미소공주는 지휘관이지 현장 요원이 아니에요. 그녀가 이 문제에 대처하려면, 공식 절차를 밟고 조직을 개편해야 해요. 마교에 대해 대응하는 조직을 새로 만드는 방식으로요."

서수리는 미소를 지었다.

"더 많은 사람이 마교와 접촉하는 것은 둘째치고, 첩보조직을 개편하는 사이에 저희가 의심하는 용의자들은 증거를 인멸하고 지하로 숨어들겠죠."

"동창은 첩보 조직이오. 그들 내부의 움직임이 그렇게 쉽게 유출된다는 거요?"

"관료들을 얕보지 마세요. 가장 현명한 이들을 골라 뽑아, 가장 음험한 곳에서 수십 년간 권모술수를 단련한 이들을요."

장평은 잠시 생각한 후 결론을 내렸다.

'서수리의 말이 옳다.'

용의자들이 대응하기 전에 빠르게 치고 빠지기 위해서는, 장평 본인이 움직이는 것이 제일 깔끔하다는 것을.

"계획이 있소?"

"위장 신분을 만들어 드릴게요. 동창 요원을 가장한 채 잠입해서 용의자들을 직접 조사해 보고 결론을 말해 주세요."

"알겠소."

서수리는 침상 아래로 날씬한 다리를 뻗었다. 턱 소리와 함께 다리가 장평의 배 위에 올라갔다.

발가락 끝에 걸린 주머니와 함께.

"용의자 자료와 위장 신분이요."

장평은 주머니를 받아 열어 보았다.

"도화서(圖畫署) 어진화사(御眞畫士) 조헌? 이게 누구지?"

"황제 폐하의 어진을 그리는 사람이에요. 쉽게 말하면, 그림계의 무림지존. 이 사람을 조사해 줘요."

"그럼 내 위장 신분은…… 동창 이급 요원 송관. 이건가?"

"예."

"그리고 그 송관이 조헌에게 소개할 위장 신분은 도화서에 새로 배치된……."

장평은 미묘한 표정을 지었다.

"……환관?"

"예. 신입 환관 송관이요."

서수리는 장평의 하복부를 톡톡 치며 말했다.

"이거, 당분간은 없는 셈 치는 거예요."

장평은 한숨을 내쉬었다.

* * *

조헌의 집은 장원이라기엔 작고 가옥이라기엔 컸다.

'종사품 어진화사.'

집과 마찬가지로 애매한 지위였다.

화가로서 오를 수 있는 최고의 품계라고는 해도, 화가의 지위 자체가 그리 높지 않았기 때문이었다.

장평은 환관복을 입은 채로 문을 두드렸다.

"계십니까?"

잠시 뒤, 문이 열리며 한 사람이 모습을 드러냈다. 비쩍 마르고 주름살이 많은 무기력한 인상의 노인이었다.

'고목나무 같은 사람이구나.'

장평은 그를 보며 고목나무를 떠올렸다.

한때는 풍성한 나뭇잎을 가득 둘렀을, 그러나 지금은 그 모든 생기를 세월에 빼앗기고 앙상한 가지만 힘겹게 유지하고 있는 고목나무를.

노소와 무관하게 건장하고 생기 넘치는 무림인들과는 다른, 생기를 다해 노쇠한 노인이었다.

"어진화사 조헌 대감이십니까?"

"그래."

조헌은 움푹 파인 눈두덩이에 묻혀 있는 흐릿한 눈으로 장평을 바라보았다.

"환관이냐?"

"예. 도화서의 신입 환관 송관이라 합니다."

장평은 서신을 내밀었다.

"도화서에서 보낸 공문을 가지고 왔습니다."

조헌은 앙상한 손을 뻗어 서류를 받았다. 그는 노쇠함만이 보이는 얼굴로 공문을 읽었다.

"들어와라."

조헌의 집 또한 주인과 마찬가지였다. 깔끔하지만 정갈하진 않았다. 최소한의 청결함은 유지하고 있기에 폐가처럼 느껴지지 않을 뿐. 생활감이 느껴지지 않는 공간이었다.

그는 장평에게 자리를 권하고 탁자 건너편에 앉았다.

"공문의 내용은 알고 있나?"

"예."

공문의 내용은 간단했다.

조헌이 일 년 넘게 새로운 그림을 내놓지 못하고 있음을 우려하는 안부 인사와 환관 송관을 보내니 편하게 잔심부름이라도 시키라는 말이었다.

"널 보낸 의미도 알고 있나?"

"대감을 도울 수 있는 것은 무엇이건 도우라는 지시를 받았습니다."

"염치가 있다면 녹봉 그만 처먹고 자리를 비워 달라는 압박이다."

직설적이고 냉소적인 반응.

장평은 곤혹스러운 표정을 꾸며 냈다.

"가짜 표정이구나."

조헌의 흐릿한 눈이 장평을 바라보았다.

"환관도 아니고."

그는 무기력한 얼굴로 말했다.

"동창이냐?"

들켰다면 감출 필요는 없었다. 장평은 고개를 끄덕였다.

"예."

"왜 왔는지 말할 권한이 있나?"

"절 보낸 이들에게 무슨 의도가 있는지는 모르겠습니다. 저는 그저 대감께서 다시 그림을 그릴 수 있도록 도우라는 지시를 받았을 뿐입니다."

"알았다."

조헌은 고개를 끄덕였다.

장평은 내심 놀랐다.

'화가의 눈썰미는 대단하구나.'

가짜 표정을 알아챈 것 자체는 신기하지 않았다. 장평이 놀란 것은 그 가짜 표정만 보고서도 동창 소속일 거라고 추측한 점이었다.

　평범한 환관은 아부를 위해 가짜 표정을 짓는다. 상대방이 보고 싶은 표정과 반응을 위해서.

　그에 비해 첩보원들은 자신의 속내를 감추기 위해 가짜 표정을 짓는다. 상대방이 아무것도 유추할 수 없도록.

　'환관과 첩보원의 차이를 눈치채다니.'

　그 미묘한 차이를 눈치챌 수 있는 사람은 거의 없었고, 상대방에 대해 아무것도 모르는 초면이라면 더욱더 그랬다.

　그리고 조헌은 그 드문 사람 중 하나였다.

　환관과 그들의 거짓말에 익숙한 관료라는 것을 감안하더라도 말이다.

　"제가 뭘 도와드리면 되겠습니까?"

　"네가 도울 것은 없다. 편한 대로 있어라."

　무기력한 목소리로 말한 그는 책상 앞에 앉았다. 굳어버린 석상처럼, 얼어붙은 동상처럼 미동조차 없이 백지만 바라보고 있었다.

　그의 뒷모습을 보며 장평은 느꼈다.

　'생각보다 쉽지 않을 것 같구나.'

　조헌의 생각을 읽는 것이, 생각보다 어려울지도 모르겠

다는 생각을.

* * *

장평이 서수리에게 받은, 아니, '신입 환관 송관'이 조
정에서 받은 공식적인 명령은 조헌의 곁에 머물며 그의
생활을 돌보라는 것이었다.

그러나 '동창의 첩보원 송관'의 실질적인 임무는 조헌을
불편하게 만들어 하루빨리 사직하게 만드는 것이었다.

그리고 송관의 탈을 쓴 장평의 목표는 조헌이 '과학적
인 사고방식'을 지닌 마교도인지 조사하는 것이었다.

'삼중의 위장 신분이라니.'

산전수전 다 겪은 장평도 처음 겪는 일이었다. 그나마
첫눈에 들킨 탓에 신입 환관 노릇은 그만두게 된 것이 다
행스러울 정도였다.

어쨌건, '송관'이나 장평의 목적 모두 조헌이었다. 장평
은 조헌의 지시대로 적당한 거리를 둔 채 대기했다.

'노인이란 원래 저런가?'

조헌은 백지를 둔 책상 앞에 앉아 있었다. 곁에 둔 화
구(畫具)들에는 손조차 대지 않은 채, 오도카니 종이를
바라보기만 했다.

심장박동이나 눈꺼풀의 깜빡임만이 아직 살아 있음을

표할 뿐, 최소한의 생기조차 느껴지지 않는 노구(老軀)였다.

'내가 처음 겪는 부류의 인간이구나.'

장평은 절정고수였고, 남들보다 특별한 감각들을 가지고 있었다. 그러나 그 무인으로서의 감각조차도 필요 없었다.

'세월에 패한 노인이란 것은.'

조헌은 죽어가고 있었다. 어쩌면 일 년. 어쩌면 한 달. 어쩌면 내일. 언제 죽어도 이상하지 않은 상태였다.

그의 삶은 이미 끝났다. 그가 살아 숨쉬는 날들은 생애(生涯)가 아닌 여생(餘生)이라 분류해야 하리라.

'이렇게도 무력하고 초라하구나.'

장평이 만난 노인의 대다수는 늙어서도 강건한 무인이거나, 혹은 몸은 늙었어도 교활하고 노련한 두뇌를 지닌 첩보원들이었다.

세간의 기준으로 보면, 무림에 속한 노인들이 특별한 것이리라.

'조헌 또한 특이한 노인이긴 하지만.'

늙었다. 지쳤다. 그러나 그는 평범한 노인들처럼 휴양하며 죽음을 기다리지 않고 있었다.

조헌은 화가로서 책상에 앉아, 백지를 마주하고 있었다.

그가 아직 이루지 못한 무언가를 기다리는 듯 보였다.

'그는 대체 왜 붓을 놓지 않는 것일까?'

장평은 이해할 수 없었다.

조헌은 아무 말 없이 백지만을 바라보고 있기에.

* * *

"조헌 대감."

영원할 것 같던 정적을 깬 것은 장평이었다.

"점심 식사는 어찌하시겠습니까?"

"내 식사는 필요 없다."

조헌은 생기 없는 목소리로 말했다.

"작은 방에 돈통이 있다. 나가서 사 먹든 재료를 사서
요리를 하든 좋을 대로 해라."

"한 끼에 얼마까지 쓸 수 있습니까?"

"뜻대로 해라."

"그럼 이 기회에 곰 발바닥 요리를 먹어도 되겠습니
까?"

장평은 농담 섞인 목소리로 말했다. 좀 더 적극적인 반
응을 이끌어 내기 위해서였다.

"북경에서 제일 비싼 식당에서요."

"알아서 해라."

조헌은 그 말을 끝으로 침묵했다. 말문이 막힌 장평은 말없이 작은 방으로 향했다.

작은 방은 그나마 생활감이 있었다.

그러나 나쁜 의미의 생활감이었다.

더러워진 침상 위에는 언제 빨았는지 모를 이불이 물감으로 얼룩져·있었고, 여러 개의 그림 족자들이 구석에 처박혀 있었다.

'자기 몸을 챙길 생각이 없군.'

작은 탁자 위에 돈통이 있었다. 그리고 그 안에는 낡고 변색된 구리 동전에서부터 근래에 주조된 금자까지 수많은 단위의 금전이 너저분하게 쌓여 있었다.

'거금이다.'

장평은 무림명숙이자 특급 첩보원. 천금도 낯설지 않은 그의 기준에서도 적지 않은 돈이었다. 북경의 고물가를 감안해도 대장원을 사서 부귀를 누릴 수 있을 정도였다.

'많이 벌어서 남은 돈이 아닌, 쓰지 않아서 모인 돈.'

장평은 약간의 돈을 꺼냈다.

"그럼 식사하고 오겠습니다."

"그래."

장평은 문밖으로 나왔다.

그는 무언가에 이끌리듯이 인근의 망해 가는 만둣집으로 걸음을 옮겼다.

"왔어요?"

손님 하나 없이 텅 빈 식당. 그 주방에는 숙수 차림의 서수리가 기다리고 있었다.

"어떻게 알았어요? 무림인 특유의 감각?"

"시치미를 뗄 거면 향수부터 바꾸시오."

그녀는 고기만두 한 접시와 양지머리 국수 한 사발을 건넸다.

"접선과 잠입은 잘 끝났어요?"

"첩보원이라는 것은 바로 알아보더구려. 내가 무림인 이라는 것은 느끼지 못한 것 같지만."

"그럼 동창 사람으로 알겠네요?"

"그렇소."

"들키긴 했어도 안 쫓겨났으니, 절반은 성공한 셈이네 요."

서수리는 가판대에 의지해 장평을 향해 몸을 기울였 다. 코가 닿을 정도로 가까운 위치에서 밀가루를 분처럼 바른 그녀는 장난스러운 미소를 지었다.

"첫인상은 어땠어요?"

"말라죽은 고목 같았소."

"첩보원의 감으로 보기에는 어때요?"

"모르겠소. 화가와 죽어 가는 노인 모두 내게는 낯선 부류의 인간이오."

장평은 물었다.

"궁중에는 저런 사람이 많소?"

"공통점이 무엇인지에 따라 다르겠죠."

"삶은 포기했지만 목적은 포기하지 못한 노인."

"많죠. 권세건 욕망이건 충의건 이상(理想)이건. 끝났다는 것을 알면서도 놓지 못하는 망자(亡者)들은 흔해 빠졌죠."

"벼슬길에 오르기 싫어지는 말이구려."

장평은 만두와 국수를 먹기 시작했다.

"장평으로서 해야 하는 일은 알겠는데, '송관'으로서 해야 할 일이 불분명하오. 추가 정보를 요구하오."

"조헌의 곁에서 그를 살피세요. 그가 필요하다는 것이 있으면 도와주고요."

"서 소저."

장평이 젓가락을 내려놓자, 서수리의 얼굴에서도 미소가 지워졌다.

"인정하겠소. 내가 소저에게 호감을 품고 있음을. 하지만 우리 같은 부류의 사람들이 감정에 대해 가진 태도를 잊지 마시오. 호감을 품었다는 말이 날 속여도 용서하겠다는 뜻은 아니니."

"……."

"기회를 줄 때 말하시오. 왜 조헌을 마교도로 의심하는

지, 그리고 그가 조정에서 어떤 상황에 처했는지를. 내가
소저의 말을 들어 줄 동안에."

"……좋아요."

서수리는 진지한 표정으로 말했다.

"알다시피, 미소공주는 마교의 교리에 대한 접근 및 조
사를 금지했죠. 마교의 교리는 역병이니, 멀리하라는 비
상식적인 설명과 함께요."

전염병 같은 지식이라니. 기이한 말이었다.

한데 문제는 그게 맞는 말이라는 것이었다.

"그리고 그 한 달 뒤, 왕성히 활동하던 조헌이 붓을 놓
았어요. 입궐도 하지 않고 병가를 낸 채 두문불출하기 시
작했지요."

"원래 저런 모습이 아니었던 거요?"

"예술가답게 별종이긴 했지만, 저런 산송장은 아니었
어요. 그가 보인 별스러운 면모는 그림에 얽힌 열정이 과
해서 생긴 일들이었고요."

"열정이라."

지금의 조헌과는 거리가 먼 단어였다.

"그럼 '송관'으로서는 조헌을 어찌 대해야 하오?"

"궁중 화가들은 사직서를 낼 때 관원으로서의 마지막
작품을 상주하는 관례가 있어요. 그런데 그는 마지막 작
품도, 사직서도 안 내고 제멋대로 칩거했어요. 화가의 정

점으로서 후배들의 승진길을 막은 채로요."

"그림을 받아 내기만 하면 되는 거요?"

"예. 대외적으로는 도화서 사람들이 하도 불평을 해 대서 우리가 나선 거니까요."

"결국 문제는 그림이구려."

장평은 생각에 잠겼다.

'그는 대체 왜 그림을 그리지 않는 것일까?'

충격과 혼란으로 인한 무기력증.

장평이 보기에도 과학에 의한 '계몽'과 비슷한 증상이었다. 하지만 증상이 비슷하다고 해서 같은 병이라는 법은 없었다.

"조헌은 죽어가고 있소. 죽음을 마주하는 것은 한 사람을 무너트리기에 충분한 일이오."

"의외의 말이네요. 생사를 가볍게 여기는 무림인이 아니신가요?"

"겁 먹은 개가 크게 짖는 법."

장평은 냉소를 머금었다.

"죽음이 다가오면 제일 먼저 무너지는 자들은 죽음을 두려워하지 않는다고 호언장담하는 자들이오."

"그런가요? 그건 몰랐네요."

서수리는 생각에 잠겼다.

"요는, 조헌이 자신이 죽어간다는 점을 알게 되어서 절망했을 수도 있다는 말이네요? 마교와는 무관하게?"

"그렇소."

"확실히 일리가 있네요."

서수리가 고개를 끄덕이자, 장평은 말했다.

"주변 인물, 특히 가까운 의원에 대해 조사해 보시오. 그가 몸이 안 좋아져서 칩거한 거라면 마교도로 의심할 여지는 줄어드니까."

"알겠어요. 그리고 뭐 따로 필요한 거 있으세요?"

"지금의 조헌은 어떠한 교류도 불가능한 상태요. 그가 관심을 가질 만한 화제가 있소?"

"음……."

잠시 고민하던 서수리는 자신만만한 미소를 지었다.

"있어요."

* * *

장평이 돌아왔을 때, 조헌은 아무 반응도 보이지 않았다.

마당에 나비가 날아들어도 막지 않고 떠나도 잡지 않듯이, 자신의 집에 누가 드나들어도 신경 쓰지 않는 모습이었다.

"대감님, 다녀왔습니다."

장평이 책상의 건너편에 서자, 조헌은 시선조차 돌리지
않고 말했다.

"비켜라. 햇볕을 가린다."

장평은 포장용 찬합을 책상 위에 내려놓았다.

"대감님의 점심 식사를 준비해 왔습니다."

"필요 없다. 비켜라."

장평이 찬합을 열자, 조헌의 시선이 처음으로 백지에서
떨어졌다.

맑은 닭고기 국물에 배추가 담겨 있었다.

"사천의 개수백채(开水白菜)입니다. 사천 출신의 숙수
가 고향의 맛을 그대로 담았다고 주장하더군요."

"……."

조헌은 그 자리에 멈춰 있었다. 허락을 기다리는 사람
처럼, 혹은 용도를 모르는 미지의 물건을 마주한 사람처
럼.

한참 동안이나 밥그릇을 바라보았다.

얼마나 시간이 지났을까.

"……."

그는 느릿느릿하게 그릇을 들어, 새의 눈물만큼 조금씩
국물을 삼켰다.

배추는 건드리지도 않고, 국물도 두 수저 정도만 마셨
을 뿐이었다.

그러나 그거면 충분했다.

조헌은 백지가 아닌, 그릇을 보고 있었다.

장평은 조심스럽게 물었다.

"입에 맞으십니까?"

"모르겠다."

"즐기시는 음식이라고 들었습니다만, 숙수의 솜씨가 부족했습니까?"

"아니. 무슨 맛인지 모르겠다."

조헌은 무기력하게 말했다.

"내가 개수백채를 자주 먹었던 것은 기억나지만, 어떤 맛을 느꼈는지 기억나지 않는다. 느끼지 못하는 것을 기억하지 못하는 것과 비교할 방법을 모르겠다."

장평은 조헌을 바라보았다.

'미각이나 기억을 잃은 건가? 아니면 둘 다?'

그는 조심스럽게 물었다.

"개수백채는 대감께 사연이 있는 음식이라고 들었습니다."

조헌은 한참 동안 침묵했다. 말을 하지 않는 것이 아닌, 꼬이고 얽혀 버린 자신의 생각을 풀어내기 위해 노력하는 사람의 침묵이었다.

"여자의 그림을 그려야 했다. 궁중 화가로서 첫 일이었다."

긴 시간이 지난 후, 조헌은 무기력한 목소리로 말했다.

"그림을 그려야 하는데, 여자의 얼굴이 굳어 있었다. 미소를 지으면 미인일 텐데 웃지 않았다. 내가 개수백채를 좋아한다고 말하니, 자기도 개수백채를 좋아한다며 웃었다. 나는 그 미소를 그렸다. 내 그림은 낙안도(落雁圖)라는 이름을 받았다."

그 순간, 장평은 미묘한 혼란을 느꼈다.

조헌의 눈은 그릇에 향해 있었고, 목소리는 높낮이가 없었다. 그가 지금 장평과 대화하는 것인지, 아니면 방언이나 혼잣말을 하는 것인지 알 수 없었다.

그저, 말하고 있을 뿐이었다.

"황제에게 칭찬을 받았다. 기뻤다. 채 귀빈이 내게 감사했다. 내 그림 덕분에 황은을 입을 수 있었다고, 그 덕분에 귀빈이 될 수 있었다고 내게 감사했다. 나는 기쁘지 않았다."

"조헌 대감?"

"나는 미인을 그렸다. 미인도를 그렸다. 그러나 그 그림은 내 것이 아니었다. 내 것이 아니기에 이름도 지을 수 없었다. 그 그림은 황제의 것이었다. 내가 황제의 신하이기에, 내 그림도 황제의 것이었다."

무기력하고 느릿느릿한 그의 말은 두서가 없고 혼란스러웠다. 책장의 순서를 무시한 채, 제멋대로 띄엄띄엄 책을 읽는 것 같았다.

"나는 아무것도 가지지 못했다."

장평은 깨달았다.

조헌이 보고 있는 것은 지금 눈앞에 있는 장평이 아니었다. 그의 기억 속의 어떤 여자, 개수백채를 좋아한다던 누군가를 떠올리고 있었다.

"개수백채. 나는 개수백채의 맛이 기억난다."

조헌의 얼굴에 처음으로 표정 비슷한 것이 그려졌다. 거칠고 주름진 얼굴에 회한이 번지고 있었다.

"개수백채는 내게 실연(失戀)의 맛이었다는 것을."

* * *

먼 산을 바라보는 조헌의 눈동자에 처음으로 초점이 잡혔다.

"……집?"

그는 주변을 돌아보며 혼란스러운 표정을 지었다.

"입궐할 시간이 지났는데, 내가 왜 집에 있지?"

조헌의 시선이 멈춘 곳은 장평이었다.

그는 장평을 바라보며 말했다.

"너는 누구냐? 왜 내 집에 있지?"

조헌의 머릿속에서 무슨 일이 벌어지고 있는지는 모르

겠지만, 반응이나 말투를 볼 때 장난이나 농담이 아님은
분명했다.

장평은 공손한 표정으로 예를 올렸다.

"환관 송관입니다."

"가짜 표정이구나. 동창이냐?"

"지시를 받아 조헌 대감의 상태를 확인하러 왔습니다."

"내 상태를? 왜?"

"대감께서는 결근하신 지 오래되셨습니다."

"결근? 내가 왜?"

"그걸 알아보기 위해 제가 온 겁니다. 기억이 좀 돌아
오십니까?"

"나는……."

조헌은 한참 동안이나 고민했다.

"모르겠다."

그는 결국 고개를 저었다.

"내가 뭘 모르는지도 모르겠다."

"좀 주무시는 편이 좋겠습니다."

"나는 해야 할 일이 있다."

"그게 뭡니까?"

"모르겠다."

"몸이 지치면 머리도 느려지는 법입니다. 뭘 해야 하는
지를 떠올리시기 위해서라도 쉬셔야 하지 않겠습니까?"

조헌은 한참 동안 생각하다가 고개를 끄덕였다.

"맞는 말이다."

이미 가장 간단한 생각조차도 시간이 필요한 상황이었다.

조헌은 자리에서 일어나려 했으나, 휘청거리며 다시 주저앉았다. 다리에 힘이 없는 모양이었다.

"침상까지 모시겠습니다."

장평이 안아 든 조헌의 몸은 터무니없이 가벼웠다. 살점과 근육이 턱없이 부족한 탓에, 앙상한 뼈 위에 생기 없는 살가죽만이 덮여 있었다.

장평은 조헌을 더러운 침상에 눕혔다.

다행인지 불행인지, 조헌은 머리가 베개에 닿자마자 바로 잠들었다.

'기진(氣盡)했고 쇠약하다.'

맥을 짚어 본 결과였다. 그러나 그것은 오랫동안 식사와 수면을 취하지 않은 과로의 증상이었다.

정신에 문제가 생긴 것은 확실했다. 일상생활에 지장이 갈 정도였다.

문제는, 문제가 생긴 이유였다.

'계몽 여부를 판단할 수가 없다.'

그가 이성을 되찾지 못한다면, 계몽 여부를 확인할 수 없었다.

기력을 회복시키고 이성을 되찾아야 조사할 수 있었다.

그리고 그 말은…….

'당분간 이 노인네 수발을 들어야 한다는 얘기로군.'

바로 그것이, 동창이 송관을 보낸 이유였으니까.

* * *

장평은 침실의 문을 닫아 둔 채, 부지런히 움직였다. 먼지를 털고 청소를 한 뒤 물을 길어 와 빨래를 하고 차와 묽은 미음을 끓였다.

'물건들은 건드리지 말자.'

장평은 최대한 조심스럽게 움직였다. 사소한 물건조차 위치가 바뀌지 않도록.

지금 조헌의 정신은 금이 간 유리병처럼 연약했다. 가장 사소한 변화조차 조심해야 했다.

조헌은 시체처럼 잠들었다가, 아무 때나 눈을 떴다. 그럴 때마다 그는 숨소리보다 조금 큰 목소리로 속삭이듯 말했다.

"목이 마르다."

"예, 대감."

그럴 때마다 장평은 일말의 지체도 없이 물과 묽은 미

음을 건넸다.

조헌은 아기 새처럼 받아먹었다. 태반을 입가에 흘리면서도 꿀꺽꿀꺽 삼켰다.

그리고 다시 잠들었다.

며칠이 지났을까?

눈을 뜬 조헌은 나직하게 말했다.

"앉고 싶다. 내 몸을 일으켜라."

"예."

그는 벽에 등을 기댄 채 멍한 눈을 껌뻑였다. 판단력을 되찾기 위해 노력하는 것이었다.

얼마의 시간이 흐른 뒤, 조헌은 장평을 바라보았다.

"넌 누구냐?"

"환관 송관입니다."

"가짜 표정이구나. 동창이냐?"

세 번째로 반복되는 대화. 그러나 장평은 뭔가가 다르다는 것을 느꼈다.

조헌의 눈이 초점을 되찾았기 때문이었다.

"예. 동창에서 왔습니다."

"내 수발을 들고 있었나?"

"예."

"며칠 동안이나 이런 상태였지?"

"사흘입니다, 대감."

"사흘 내내 내 곁에 있었나? 다른 이와 교대하지도 않고 혼자서?"

"예."

"피곤하지는 않나?"

병 수발은 피곤한 일이었다.

언제 일어날지 모르는 사람의 속삭임을 듣기 위해서는 매 순간 신경을 곤두세워야 했다.

잠은커녕 휴식도 어려운 피곤한 일이었다.

"개의치 마십시오. 저는 훈련되어 있습니다."

물론, 장평은 첩보원이자 절정고수.

졸면서도 조헌의 뒤척임까지 파악할 수 있는 그에게는 그리 피로한 일이 아니었다.

온화한 장평의 말에, 조헌은 잠시 침묵했다.

"……"

표정, 그리고 분위기를 볼 때, 장평은 사과나 감사의 말을 하리라 예상했다.

"……그렇겠지."

그러나 조헌은 짤막하게 말하고는 입을 닫았다. 마치 환관에게는 감사도 사과도 하지 않겠다는 맹세라도 한 사람처럼.

"끙."

그는 침상 아래로 다리를 뻗었다.

그러나 힘이 빠진 두 다리는 조헌의 앙상한 몸조차 지탱하지 못했다.

　　장평은 무너져 내리는 그의 몸을 부축했다.

　　"좀 더 쉬시는 편이 낫지 않겠습니까?"

　　"남은 잠은 관 속에서 잘 것이다."

　　조헌은 무뚝뚝한 말투로 말했다.

　　"화실로 날 옮겨라."

　　"예."

　　장평은 그를 책상 앞에 앉혔다. 그러자 조헌은 물 흐르듯 자연스러운 움직임으로 먹을 갈고 물감을 풀며 문진으로 그림을 그릴 준비를 했다.

　　그리고 그가 백지로 눈을 돌린 순간.

　　"……."

　　조헌의 눈동자가 점점 흔들리더니, 다시 생기를 잃고 초점이 흐려지기 시작했다.

　　간신히 기력을 되찾은 몸이 마음에 의해 다시 부서지고 있는 것이었다.

　　'그는 대체 백지를 보면서 무엇을 느낀단 말인가?'

　　그리지 않는, 혹은 그리지 못하는 무언가가 조헌을 으스러트리고 있었다.

　　장평은 기다렸다.

　　휴식을 취하여 기력을 되찾은 조헌이 백지와 싸우는 것

을. 그리고 그 싸움에서 이기기를 얌전히 기다렸다.

그리고 그날 저녁, 장평은 깨달았다.

'졌구나.'

결국, 조헌은 백지 앞에서 미동조차 하지 못했다. 장평은 차분하게 그에게 말을 걸었다.

"해가 졌습니다. 저녁 식사를 하시지요."

"필요 없다."

조헌의 목소리는 다시 어제처럼 무기력하게 변해 있었다.

"식사가 싫으신 겁니까? 아니면 식사보다 중요한 일이 있는 겁니까?"

"그림을 그려야 한다. 그리기 위해서는 구상해야 한다. 구상하기 위해서는 생각해야 한다. 식사로 낭비할 시간이 없다. 생각 이외의 무언가를 할 시간이 없다."

"저는 미술은 잘 모르지만, 인체에 대해서는 좀 압니다. 몸이 약해지면 생각도 느려진다는 사실을요."

장평은 타이르듯 말했다.

"일부러 단식하시는 것이 아니라면, 식사를 하시지요. 대감의 두뇌에게 생각할 힘을 주기 위해서라도요."

조헌은 잠시 장평을 바라보았다.

"무공을 익혔나?"

일반적으로 하수는 고수를 알아보지 못한다. 무공을 모

르는 일반인이 절정고수를 알아보는 것은 더욱더 어려운 일이었다.

하지만 명성 높은 화가인 조헌은 무위나 존재감이 아닌 인체 그 자체를 구분할 수 있었다. 장평의 골격과 근육, 그리고 자세를 보는 것만으로도 그가 무공을 익혔음을 눈치챈 것이었다.

"예."

"얼마나 강하지?"

"저보다 약한 사람이 저보다 강한 사람보다 많을 겁니다."

"그렇군."

잠시 생각하던 조헌은 입을 열었다.

"식사를 하겠다. 대신, 조건이 있다."

"뭡니까?"

"무림에는 미혼약(迷魂藥)이란 것이 있다고 들었다. 사람의 마음을 어지럽히고 헛것을 보게 만드는 약이."

장평은 침묵했다.

그러자 조헌은 다그치듯 물었다.

"있나?"

"있습니다."

"구할 수 있나?"

"구할 수 있습니다."

"구해 와라."

"수명이 깎이는 약입니다. 건강에 해롭습니다. 대감의 몸에는 극독과 같습니다."

"나는 이미 중독되었다. 세월이란 극독에."

조헌은 백지를, 아직 그려지지 않은 그의 마지막 작품을 어루만졌다.

"그림. 한 장만이라도 그림을 그릴 수만 있다면, 붓을 놓는 순간 죽어도 좋다."

조헌의 흐릿하던 눈빛은 위험한 빛을 띠고 있었다. 궁지에 몰린, 혹은 먹잇감을 쫓기 시작한 맹수의 눈빛이었다.

"허비하기엔 내 여생은 너무 짧다. 미혼약을 구해 와라, 송관. 돈은 얼마가 들든 상관없다."

"제 목적에 반하는 일입니다."

"약을 구해 오지 않겠다면 나도 곡기를 끊겠다. 억지로 먹인다면 다른 방법으로라도 나 자신을 해할 것이다. 날 돌보는 것이 네 임무이니, 네 임무가 실패하게 만들 것이다."

"대감."

"선택해라. 같이 실패할지, 같이 성공할지."

"대체 뭘 그리고 싶은 것입니까?"

장평은 조헌을 바라보았다.

"그렇게까지 하면서 그려야 할 것이 대체 무엇입니까?"

"내가 보지 못한 것."

"……."

짧은 정적 끝에, 장평은 자리에서 일어났다.

그는 식사가 담긴 쟁반을 조헌 앞에 내려놓았다.

개수백채와 쌀죽이었다.

조헌은 장평을 올려다보았다.

"구해 올 거냐?"

"예."

"얼마나 걸리지?"

"반나절이면 충분합니다."

조헌은 그제야 수저를 쥐었다.

"내일 아침에 보자."

* * *

장평이 피곤한 표정을 지은 것은 신체의 피로 때문이
아니었다.

'귀찮군.'

조헌은 제정신도 아니고 소통도 불가능했으며, 자신의
목숨을 인질로 잡고 있기까지 했다.

'과학이냐, 아니냐.'

그 하나만 확인하면 되는데, 그 하나를 확인할 수 없었
다.

'그냥 죽여 버릴까?'

절정고수인 장평에게 흔적 없는 살인은 어려운 일이 아
니었다. 조헌은 이미 산송장이니, 의심받지도 않을 터였
다.

'아니. 안 된다.'

조헌이 정말 마교를 접한 거라면, 그에게서 단서를 얻
어야 일망타진할 수 있었다.

조헌밖에 없었다. 마교가 무림맹 내부에서 유출된 것인
지, 아니면 그들이 예상하지 못한 경로로 유입된 것인지
확인할 방법은 조헌밖에 없었다.

'미혼약을 구해 주는 수밖에 없겠군.'

장평은 피로와 짜증, 그리고 물리적인 불쾌감을 느꼈다.

먼지 구덩이인 조헌의 집에서 머문 지 사흘.

흙먼지와 거미줄은 물론, 부패되고 산화된 물감들이 기
름기와 얼룩의 형태로 옷과 몸에 묻어 있었다.

그러나 장평이 무엇보다도 견디기 어려운 것은 냄새였
다.

쇠약해진 내장에서 올라오는 악취 섞인 숨결. 죽음 그
자체의 냄새가 장평의 몸에 배어 있었다.

'어지럽다.'

똥이나 오줌 같은 기타 오물들은 불쾌할 뿐이었다. 하지만 생사가 걸려 있는 냄새는 무림인으로서의 본능을 자극하고 어지럽혔다.

'씻고 싶다. 옷을 갈아입고 싶다.'

장평은 목욕이, 그리고 세탁이 필요했다.

그리고 서수리는 기녀 차림을 한 채 낯선 기루 앞에 서 있었다.

"사흘만의 퇴근이네요. 그렇죠?"

* * *

장평은 놀라지 않았다.

이미 세 골목 앞에서부터 서수리의 인기척을 느끼고 있었고, 그보다 훨씬 전 송관의 집에서 나왔을 때부터 서수리의 향수 냄새를 맡았으니까.

장평은 발걸음을 늦추지 않고 말했다.

"오늘은 어울려 줄 기분이 아니오. 다음으로 미룹시다."

"새 관복을 준비해 뒀어요. 그리고 향수를 푼 목욕물도."

장평은 그제야 멈춰 섰다.

"예상했소?"

"사흘이나 머물렀잖아요. 죽어 가는 노인의 집에서. 간

병 말고 뭘 하겠어요?"

"내가 불쾌함을 느꼈을 거란 점 말이오."

"무림인은 노환(老患)이 낯설겠죠. 나이를 먹은 사람이 병까지 걸리면, 산송장이 되기 전에 진짜 송장이 되곤 하니까요."

"소저는 익숙하오?"

"익숙하죠."

서수리는 미소를 지었다.

"기회가 닿으면 황궁이나 조정에 한번 들러 보세요. 늙고 병든 권력의 망자들이 얼마나 지독한 악취를 풍기며 죽어 가는지를 볼 수 있죠."

거절하기 힘든 제안이었다.

그의 코끝을 스치는 죽음의 냄새 때문에 목욕물은 더욱 간절했다.

"어디로 가면 되오?"

"최상층의 귀빈실이요."

서수리는 미소를 지었다.

거절할 수 없는 유혹과 함께.

* * *

주변의 양초에서는 짙은 향이 피어올랐다. 꽃향기가 더

운 물에서 배어 나왔다.

장평이 몸을 목욕물에 담그자, 그의 몸을 덮고 있던 기름기와 먼지들이 떨어져 나가는 것이 느껴졌다.

피로와 불쾌감이 녹아내리고 있었다. 죽어 가는 사람의 냄새와 함께.

"후……."

퀴퀴한 냄새들이 콧속에서 떨어져 나간 만큼, 달콤하고 자극적인 향기가 스며들었다.

용연향과 사향, 그 외에 이름 모를 성욕을 자극하는 향들.

장평은 쓴웃음을 지었다.

"이젠 감추지도 않는구려."

서수리는 배시시 웃으며 장평의 목에 팔을 감았다.

"천하의 파사현성에게 뭘 감출 수 있겠어요?"

욕조는 기루에서 흔히 쓰는 대형 욕조였다.

두 사람이 들어가도 자리가 남을 크기였다.

알몸의 서수리는 장평의 맞은편에 앉았다.

"조사 결과는 어땠어요?"

"변함없소. 그는 충격을 받은 것이 분명하지만, 충격의 원인이 무엇인지는 모르겠소."

"마교도일 가능성은요?"

"내가 알게 된 것은 단 하나. 그가 그림을 그리고 싶어

한다는 점이오. 자기가 그리지 못하는 그림을."

"그게 뭐예요?"

"나는 모르오."

장평은 서수리를 바라보았다.

"오히려 내가 물어야 할 말이오. 화가의 무림지존이라는 조헌이 왜 저러는 거요? 대체 뭘 그리지 못한다는 거요?"

"모르죠, 저야."

"그럼 반대로 묻겠소. 그는 지금까지 무슨 그림을 그려왔소?"

"그는 절파(浙派)의 정점이에요."

"절파가 뭐요?"

"자세히 설명해요? 아니면 간단히?"

장평은 그림에 대해서는 별 지식이 없었다. 풍류가로서의 '장평'이 관심 있던 것은 주색이지 예술이 아니었으니까.

"……간단히."

"고전파라고 하면 설명이 될까요? 송나라 때의 화풍을 재현하는 화파(畫派)죠."

"그럼 송나라의 화풍은 무엇이오?"

"사실보다 사실적인 그림이요."

"모순이구려."

"꽃에 마침 나비가 앉았다 해서, 나비까지 그리는 것이 정말로 꽃을 그리는 걸까요?"

잠시 생각하던 장평은 고개를 저었다.

"나비가 곧 떠날 거라면, 꽃만 그리는 것이 맞는 것 같소."

"그게 절파가 추구하는 송나라 시절의 사조. 사실보다 사실적인 그림이에요. 큰 그림이 사실적이기 위해서는 일부분은 사실적이지 않아도 된다는 사조죠."

"그게 조헌의 화풍이오?"

"예."

장평은 생각에 잠겼다.

그렇다면 문제는 다시 원점으로 돌아갔다.

"그렇다면 사실적인 그림의 전문가인 조헌이 그리지 못하는 그림은 무엇이오? 사실적이지 않은 그림?"

"그 본인도 모르는데 저라고 알겠어요? 그가 그린 걸 봐야 알 수 있겠죠."

"후……."

좋건 싫건, 조헌이 그림을 그리게 만들어야 했다. 장평은 서수리에게 말했다.

"미혼약을 준비할 수 있겠소?"

"미혼약이라고 해도 종류가 다양한데, 어떤 용도로 쓰시게요?"

"내가 쓰기 위함이 아니오. 조헌이 미혼약을 요구했소. 자신이 본 적 없는 것을 보고 싶다면서."

"환각제를 원하는 거로군요."

서수리는 잠시 생각하다가 말했다.

"승천산(昇天酸)이라는 약물이 있어요. 환각을 보게 만드는 약이죠. 다만, 근본적으로 흥분제이기 때문에 행동이 과격해질 수 있어요."

"그의 몸이 견딜 수 있겠소?"

"힘들지 않을까요?"

"다른 건 없소?"

"무슨 약이건 그의 몸에는 해로워요. 심지어 무림의 영약이라 해도, 그 약기운만으로도 간과 심장을 망가트릴걸요."

장평은 막막함을 느꼈다.

강한 상대 앞에서 곤란을 겪은 적은 많았다. 하지만 상대방이 너무 약해서 곤란을 겪는 것은 처음이었다.

"그럼 승천산을 준비해 주시오. 줄지 말지는 둘째치고, 일단 가지고는 있게."

서수리는 손가락을 딱딱딱 소리가 나게 튕겼다. 그러자 문밖에서 인기척이 있었고, 서수리는 조용히 말했다.

"승천산 좀 준비해 줘요. 일 회 분량으로 소분해서."

아무런 대답 없이 문밖의 인기척이 멀어져 갔다.

장평은 느낄 수 있었다.

귀빈용 최상층 전체에 자신과 서수리 둘만 남았다는 것을.

그리고 서수리의 손끝이 천천히 장평의 허벅지 안쪽으로 스치고 들어온다는 것을.

"오늘은 퇴근할 생각이었는데."

"꼭 그럴 필요가 있을까요?"

피부와 피부가 맞닿은 순간, 느낄 수 있었다. 몸 안에서 솟아오르는 열기가 이젠 식어 가는 목욕물보다 뜨거움을. 장평의 하복부는 이미 준비되어 있었다. 서수리가 이미 오래전부터 준비되어 있듯이.

"실망스러우면 무림맹에 돌아가겠소."

서수리는 장평의 목에 두 팔을 감았다. 그녀는 천천히 몸을 낮춰 장평의 몸 위에 무게를 실었다.

"그럼…… 아침까지 함께 있겠네요?"

서수리는 장평의 목덜미를 핥았다.

그것이 뜨거운 밤의 시작이었다.

* * *

장평을 사로잡은 것은 서수리의 혀였다.

그녀는 입술 끝으로 물었고 혀끝으로 핥았다. 팔꿈치나

오금 등등. 전혀 예상치 못한 부위에 예상치 못한 자극이 파고들자, 장평은 예상치 못한 감각에 즐거움과 흥미로움을 동시에 느꼈다.

물론, 그사이에도 신체의 다른 부위들 또한 놀고 있지 않았다. 가슴이나 허벅지는 물론, 뜨겁고 촉촉한 숨결과 속삭임까지도 장평을 위해 사용되고 있었다.

서수리는 장평의 단단한 몸과 냉정한 정신을 녹여 내고 있었다. 장평은 두 마리의 뱀이 서로를 휘감은 것처럼 낯설고 외설적인 감각에 사로잡혔다.

감각은 몇 번이나 최고조로 치달았고, 장평은 몇 번이고 절정에 달했다.

그러나 절정에 달한 사내들이 응당 느끼곤 하는 어떠한 허탈감이나 피로감 없이, 오직 꿈결 같은 달콤함만이 장평을 사로잡았다.

벼락처럼 한순간만 스쳐 지나갈 뿐인 수컷의 쾌락이 잔잔한 파도처럼 끝없이 밀려 들어오고 있었다.

* * *

"……."

이른 아침에 눈을 떴을 때, 장평이 느낀 것은 혼란이었다.

'꿈인가? 현실인가?'

간밤의 기억은 꿈결처럼 몽롱했다.

그리고 지금 이 순간도.

그는 누운 채로 내공을 일주천시켜 보았다. 익숙한 감각이 전신을 내달리자, 확신할 수 있었다.

'현실이다.'

그제야 장평은 서수리가 자신의 옆에 누워서 잠들어 있음을 알아차렸다.

팔과 다리를 장평의 몸 위에 얹은 채, 보드라운 앙가슴을 그의 팔에 기댄 채. 곤히 잠든 서수리의 새근거리는 숨소리가 장평의 귀와 피부를 간지럽히고 있었다.

장평은 문득 서수리의 볼에 입을 맞추고 싶은 충동을 느꼈다. 머리카락을 쓸어 넘기며 다정하게 속삭이고 싶다는 충동도.

"……."

생각해 보니 그러지 말아야 할 이유도 없기에, 장평은 서수리의 볼에 입을 맞췄다.

그러자 서수리의 긴 속눈썹이 파르르 떨리더니, 잠에 취한 그녀의 눈이 반쯤 열렸다.

"흐응……."

반쯤은 잠투정이었고, 반쯤은 행복감이었다. 그녀는 다정스러운 눈으로 장평을 바라보았다.

"아침까지 있었네요."

"그렇구려."

"흐음. 제 솜씨에 실망하는 일에 실패했나 봐요?"

"그런 것 같소."

"천하의 파사현성도 실패란 걸 하긴 하는군요?"

두 사람은 이마를 맞댄 채 키득거렸다.

몸에 닿는 이불의 감촉이 기분 좋았다. 피부를 타고 전
해지는 서수리의 온기가 기분 좋았다. 그녀의 몸은 부드
러웠고 피부는 매끈했다.

"이런 기분을 느낀 것이 얼마 만인지 모르겠소."

평생 이 자리에 머물고 싶을 정도로.

"소저는 내게 특별한 기분을 느끼게 만드는 재주가 있
소."

"그야 그렇죠. 방중술의 조종(祖宗)인 동창의 여자니까
요."

"지난밤만을 두고 하는 이야기가 아니오. 지금 이 순간
을 논하는 것이오."

서수리는 배시시 웃었다.

"어떻게 특별한데요?"

"나른하고 기분이 좋소. 소저가 내 눈앞에, 그리고 내
팔 안에 있다는 것이 행복하고 편안하오."

"그건 놀라운 일이네요."

언제 어느 순간에도 경계와 의심을 멈추지 않는 것이 첩보원의 자세. 장평은 지금 평소라면 상상도 못 할 기분을 느끼고 있었고, 그 사실에 묘한 신기함마저 느끼고 있었다.

'내가 다른 사람을 곁에 둔 채로 이렇게나 마음을 놓을 수 있다니.'

낯설었다. 하지만 기분 나쁜 일은 아니었다.

"자, 그럼 일어나요, 잠꾸러기. 출근 준비해야죠."

장평과 서수리는 함께 아침을 먹었고, 서로의 몸을 씻겨 주었다.

잔잔한 미소와 함께한 다정한 시간은 서수리가 환관복의 매듭을 묶어 주었을 때 끝났다.

"자."

하룻밤의 즐거움을 끝낸 서수리와 장평은 다시 일상으로 돌아갔다. 두 사람은 빈틈 하나 없는 단정함, 혹은 냉정함으로 온몸을 덮었다.

"승천산이에요. 일단 정량에 맞게 소분하긴 했지만, 조헌의 건강을 감안하면 용량을 줄이는 편이 나을지도 몰라요."

"얼마나 말이오?"

"일단은 반만 줘 봐요. 약효가 부족하거나 심장이 버티면 나머지 반도 주고요."

"알겠소."

"잘가요, 장평."

그녀는 대협이란 호칭을 붙이지 않았다.

장평은 그 부분을 지적하지 않았고, 서수리 또한 장평이 지적하지 않았음을 느꼈다.

두 사람 다 서로에게 한 발자국 다가섰음을 인정한 것이었다.

"무슨 일이 생기면 언제든 찾아오세요. 저는 여기서 당신을 기다리고 있을 테니까요."

"알겠소, 서수리."

장평 또한 마찬가지로 서수리에게 소저란 호칭을 붙이지 않았다.

그는 몸을 돌렸다.

"이곳에서 날 기다리고 있으시오."

두 사람은 미소를 지었다.

서로가 미소를 짓고 있을 거라고 확신한 채로.

回生武士

4장

4장

장평이 출근했을 때, 조헌은 바닥에 쓰러져 있었다.

"......!"

당황한 장평이 다가가자, 조헌은 조용히 말했다.

"안 죽었다."

"그럼 왜 바닥에 누워 계십니까?"

"침상까지 걸어갈 힘이 없었다. 기어간다 해도 올라갈 방도가 없었다. 그래서 바닥에 누워 있었다. 잠들지는 못했지만, 휴식하려고 노력했다."

조헌은 무기력한 목소리로 말했다.

"식사를 했다. 휴식을 취했다. 나는 약속을 지켰으니 너도 네 약속을 지켜라."

장평은 승천산을 책상 위에 꺼냈다.

"미혼약을 가지고 왔습니다. 하지만 그 전에 식사부터 하시지요."

그리고 약봉지 옆에 꾸덕꾸덕한 죽이 담긴 그릇을 내려놓았다.

"거래인가?"

"미혼약은 독합니다. 빈속에 먹으면 무슨 일이 벌어질지 모릅니다. 조헌 대감처럼 쇠약하신 상태에서는 더욱 위험합니다."

"알았다."

장평은 조헌을 일으켜 앉히고, 죽을 먹여 주었다. 그러는 사이, 장평은 조헌과 대화를 나누었다.

"미혼약을 섭취하시는 것은 만류하고 싶습니다. 전문가 또한 같은 의견이었습니다."

"먹으면 죽을 수도 있다고 하던가?"

"약의 기전상 심장과 간, 그리고 뇌에 해롭습니다. 즉사하셔도 이상하지 않습니다."

"살아 있는 사람들은 언제 죽어도 이상하지 않다. 내 몸 상태를 감안하면 특히 그렇겠지."

"그래서, 그 전에 제안하고 싶은 것이 있습니다."

장평은 차분히 말했다.

"약을 먹기 전에 차분하고 이성적인 상태로 다시 한번

생각해 보는 것입니다."

"내가 몇 번이나 생각했다고 생각하는 거냐."

"제가 본 것은 생각하는 사람이 아니었습니다. 체력과 집중력의 부족으로 멍하니 앉아 있는 사람이었지요."

조헌은 반박하지 않았다.

"그리고 타인과의 대화가 약보다 효과적일 가능성도 있지 않습니까?"

"대화?"

조헌은 모욕당한 젊은이처럼 불쾌한 표정을 지었다. 그의 기력을 감안하면 그야말로 불같은 격노였다.

"네놈은 나와 그림에 대해 논할 상대가 되지 못한다."

"천하의 그 누가 어진화사와 그림을 논하겠습니까? 그저 품고 계신 생각을 단어와 문장으로서 구체화하는 것만으로도 심경을 정리하시는 것에 도움이 되리라 생각할 뿐입니다."

조헌은 승천산을 바라보았다.

장평이 아닌, 승천산을.

"네놈과 대화하지 않으면 약을 주지 않을 셈이냐?"

"예."

"좋다. 하지만 일다경뿐이다. 그 뒤에는 약을 내놔라."

"약속하겠습니다."

장평이 바라던 것은 이 순간이었다.

조헌과 대화할, 아니, 취조할 기회를 얻는 것.

'비록 쇠잔했다 한들 궁중의 당상관이다. 내 의도를 드러내서는 안 된다.'

장평은 승천산을 흘낏 보며 물었다.

"왜 미혼약을 찾으셨습니까?"

"내가 그리지 못하는 것을 그리기 위해서."

"왜 미혼약입니까? 미혼약을 사용하신 적이 있으십니까?"

"술은 자주 마셨다. 하지만 약물은 섭취한 적이 없다."

"약효도 잘 모르는 약을 왜 쓰려 하십니까?"

"그 반대다. 할 수 있는 방법은 모두 해 보았기에 해 보지 않은 것을 하려는 것이다."

"무얼 위해서요?"

"내가 보지 못하는 것을 보기 위해서."

장평은 조헌을 바라보았다.

"보지 못하시는 것이 무엇입니까?"

"네놈은 이해하지 못할 것이다."

"저도 대감의 생각보다는 보고 들은 것이 많은 사람입니다."

"하지만 화가는 아니지."

조헌은 장평을 바라보며 말했다.

"한 장의 종이에 한 사람의 아름다움을 담는 것도, 떠

날 수 없는 사람에게 산수(山水)의 아름다움을 전달하는
것도, 군인을 위해 지세와 지형의 미묘함을 담는 것도.
그리고 무엇보다 그림에 뜻을 담는 것도 할 수 없고 해
본 적도 없겠지."

"……."

"너는 화가가 아니다. 화폭에 삶을 담아 본 적 없는 자
가 주제넘게 그림에 대해 논하지 마라."

조헌의 얼굴과 목소리에는 열기가 실려 있었다. 그의
쇠잔한 몸이 견디기 힘든 열기가.

이 화제를 유지하는 것은 위험했다.

장평은 주제를 바꾸었다.

"지금 그리시려 하는 그림은, 지금까지 그려 온 그림과
는 다른 것입니까?"

"그래."

"제가 듣기로는 대감께서는 이미 일파의 종주시라 들
었습니다. 갑자기 왜 새로운 그림을 그리려 하신 겁니
까?"

"……말하고 싶지 않다."

"비밀을 지켜 드리겠습니다."

"동창의 사람이 아니구나."

그 순간, 조헌은 장평을 바라보았다.

"무공을 익혔다고 했지. 무림인이냐?"

조헌은 떠보는 것이 아니었다. 그의 눈빛에는 확신이 담겨 있었다.

장평은 고개를 끄덕였다.

"맞습니다. 동창의 요청을 받고 온 무림인입니다."

"그렇겠지. 그러니 비밀을 지켜 주겠다는 말을 하겠지."

"그 부분이 그렇게 이상했습니까?"

"동창은 약속을 지키지 않는다. 그리고 그걸 잘 아는 사람에게 약속할 정도로 어리석지도 않다."

"확실히 대감은 제가 만난 사람 중 가장 대하기 어려운 사람 중 하나시군요."

더는 공손할 필요가 없기에, 장평은 편안한 자세를 취했다.

"하지만 제가 대감을 도우러 온 것은 사실입니다."

"왜?"

"대감이 왜 망가졌는지 궁금해서요."

조헌은 장평을 바라보았다.

"이름이 뭐냐?"

"무림맹의 장평입니다."

"들어 본 적 있다. 무림에서 가장 교활하고, 천하에서 가장 위험한 사람이라더군."

"오해이자 허명입니다."

"상관없는 일이다."

조헌은 어떠한 감정도 실리지 않은 눈으로 장평을 바라보았다.

"어쨌건, 천하의 장평이 내가 왜 망가졌는지를 왜 궁금해하지?"

"동창은 대감이 마교도일 수도 있다고 의심하고 있습니다. 제가 확인하러 왔습니다."

"마교에 대해서는 모른다. 관심도 없고."

"대감께서 동창의 약속을 믿지 않으시듯이, 저도 당상관의 말을 믿지 않을 겁니다."

조헌은 냉소했다.

"모른다는 걸 확인할 방법이 있나?"

"대개는 고문이나 협박을 합니다. 하지만 둘 다 불가능한 상태시지요."

장평은 차분히 물었다.

"그러니 마지막 남은 수단인 거래를 제안하겠습니다. 왜 망가졌는지 가르쳐 주시면, 제 모든 능력을 동원하여 돕겠습니다."

"좀 전과 같은 말이로군."

"다릅니다. 송관이 아닌 장평의 말이니까요."

"다르긴 하군. 무게감도, 신용도."

조헌은 잠시 침묵하다가 말했다.

"날 도와줄 건가?"

"대감이 마교도가 아니라는 것을 확인할 수 있다면, 협력하지 않을 이유가 없지요."

"좋다."

조헌은 담담한 목소리로 말했다.

"내 자료를 받아 봤겠지만, 나는 수십 년간 그림을 그렸다. 도화서의 막내에서부터 궁중 화가의 정점인 어진화사가 될 때까지 수십 년간을."

"예."

"나는 그림을 그렸다. 아주 많은 그림을. 처음에는 궁녀들 중에서 아름다운 이들을 골라 그렸다. 그들을 직접 만날 시간이 아까운 황제를 위해 미인도를 그렸다."

"개수백채의 여인 또한 그중 하나입니까?"

"그래."

조헌은 복잡한 눈빛으로 말했다.

"그 그림과 그녀의 지원 덕분에 나는 승진했다. 그리고 좀 더 중요한 그림들을 그리기 시작했지."

"산수화 말입니까?"

"그래. 황제가 볼 수 없는 곳을, 황제에게 보여 주기 위해서 그렸지. 그러다가 나는 생각했다. 사실보다 사실적인 그림을 그리려면 어떻게 해야 할지를."

"그것이 절파의 화풍이었습니까?"

"절파에 속한 이들이 내가 고안한 기법들을 흡수했을 뿐, 나는 절파를 따른 적이 없다."

"다른 겁니까?"

"다르다. 중요한 차이점이지."

"알겠습니다."

장평이 고개를 끄덕이자, 조헌은 다시 말했다.

"그렇게 돌아다니는 동시에 지도를 그렸다. 내 기법. 사실보다 사실적인 그림을 그리는 기법은 지형을 그리는 법에도 닿아 있기에, 각 요충지들의 지세를 그리는 일을 맡았다."

"군사지도를 말하시는 겁니까?"

"지도가 아니었다. 풍경화였다. 야전 지휘관들이 사전에 숙지해야 할 모든 지리 정보들을 담은 풍경화. 굳이 분류를 하자면 전장도(戰場圖)라고 하는 편이 맞겠지."

조헌은 차분히 말했다.

"나는 천하를 주유하며 전장도들을 그렸다. 동창과 금의위와의 협력하에."

"덕분에 동창을 잘 아시는군요."

"그래."

"그럼 그 공으로 어진화사로 승진하신 겁니까?"

"반반이다. 공적이 있었던 것도 사실이지만, 공적과는 별개로 나는 최고의 화가였다."

광오한 말과는 달리, 조헌의 목소리와 표정에는 자부심이 조금도 담겨 있지 않았다.

"내 그림은 완성의 경지에 이르렀으니, 모든 이가 내가 보여 주고 싶어 하는 것을 볼 수 있게 되었다. 더할 것도, 뺄 것도 없었지."

"그럼 왜 망가지신 겁니까?"

"완성되어서. 사실보다 사실적인 내 화법(畵法)은 더할 것도 뺄 것도 없어서."

장평은 알 수 있었다. 자신의 한계에 봉착한 무인으로서, 조헌이 느낀 기분이 어떠한 것인지 알 수 있었다.

"봐선 안 될 것을 보셨군요."

그리고 완성된 그가 본 것이 조헌을 부숴 버렸다는 것을.

"대체 뭘 보신 겁니까?"

조헌은 말 대신 앙상한 손가락을 뻗었다. 그는 구겨진 채로 구석에 처박힌 한 장의 그림을 가리키고 있었다.

장평이 주워서 펼쳐 보니, 그것은 어느 산수화의 모작(模作)이었다.

"산수도권(山水圖卷)?"

산중에 가옥이 있고 한 사람이 절벽 끝에 서 있었다. 검인지 지팡이인지 모를 긴 무언가를 든 사람이 산 아래의 흘러가는 구름을 내려다보고 있었다.

더 이상 오를 수 없는 곳에, 나아갈 수 없는 절벽 끝에 서서 속세를 오시하고 있었다.

'저 사람은 누구인가?'

속세를 멀리하는 도인? 혹은 삶의 마지막을 준비하는 노인? 그것도 아니면 웅지를 품은 무사?

고민하던 장평은 이내 깨달았다.

'그가 누구인지는 중요한 것이 아니다.'

누구인지를 알려 주고 싶었다면 좀 더 자세하게 그렸으리라. 더 크고 세밀하게 그리면 그만이니까.

그러나 화가는 그러지 않았다.

'이것은 산수화니까.'

그림 속의 사람은 주인공이 아닌 풍경일 뿐.

그 사람이 누구인지, 그리고 무엇을 생각하는지를 생각하는 것 또한 이 그림의 감상법에 포함되어 있었다.

그가 웅지를 품은 호걸이라면 이 풍경은 더럽힐 수 없는 호걸의 웅비(雄飛)함을 다룬 것이고, 도를 닦는 도인이라면 속세를 멀리한 그의 고고함을 다룬 것이리라.

그가 노인이라면? 청년이라면? 상인이라면?

수많은 사람에게서 수많은 질문이 떠오르리라. 그리고 그들 모두 제각기 다른 답을 내리리라.

풍경이란 본래 그러한 것이었다.

보는 이마다 다른 관점을 갖는 법이었다.

"인상적이로군요."

"무엇이 인상적이었지?"

"굳이 따지자면, 사람이겠군요. 그가 누구인지 궁금하고, 그가 누구냐에 따라 풍경에 대한 인상이 바뀌는군요."

"그래. 한 사람을 더했지."

조헌은 힘없이 말했다.

"한 사람을 더하는 것만으로 같은 그림을 서로 다르게 볼 수 있게 만들었지."

"그런데 이게 왜 문제인 겁니까?"

"작은 방의 그림들은 내가 그린 것들이다. 가서 보고 와라."

장평은 작은 방으로 향했다.

그곳에는 크고 작은 그림들이 있었다. 사람, 풍경, 물건 등등. 다종다양한 주제의 그림들이 있었다.

그림으로서의 마감이 되지 않은 원화(原畫). 아마도 습작이나 마음에 들지 않은 미발표작이리라.

그러나 하나같이 천의무봉한 솜씨였다.

준마는 화폭을 찢고 튀어나올 듯 역동적이었고, 이국의 그릇은 만질 수 있을 것 같았다.

'보기 쉽다.'

장평은 단번에 인정했다.

'실물 이상으로 현실적이다.'

불필요한 것들을 덜어냄으로써 완성된, 모순된 진면목.

장평이 실제로 본 적 없는 사람이나 물건, 장소들이 머릿속에 생생하게 그려질 정도였다.

그림에는 별다른 지식이 없는 장평조차도 알 수 있었다. 조헌이 미흡하다 여겨 묻어 둔 그림들조차도, 산수도권과는 비교도 안 될 정도의 '힘'이 실려 있다는 사실을.

'산수도권이 진품이 아닌 모작이라서 그런 것일 수도 있지만.'

그림에 담긴 힘에 압도되었던 장평이 감상을 마무리 지을 무렵, 그는 느꼈다.

화실에서 작은 흐느낌이 들려온다는 사실을.

"대감."

장평이 다가가자, 조헌은 흐느끼고 있었다.

구깃구깃한 산수도권을 내려다보며, 울먹이고 있었다.

"왜 우십니까?"

"내 그림들을 봤나?"

"예. 그야말로 명작들이었습니다. 더할 것도, 뺄 것도 없이 머릿속에 똑똑히 그려지는 그림들이었습니다."

"그랬지?"

조헌은 자부심이 아닌, 좌절감이 담긴 목소리로 물었다.

"더할 것도 뺄 것도 없었지?"

"예."

"내 그림들에게서 무슨 생각이 들었지?"

"예?"

"무엇을 느꼈냔 말이다."

"실물이 떠올랐습니다. 화폭 너머의 실물이요. 제가 직접 보는 것처럼 생생하게 그려졌습니다."

"그래. 그렇겠지. 생생하게 떠올랐겠지."

조헌의 눈물이 산수도화 위로 뚝뚝 떨어졌다. 평생 동안 그림을 그려 온, 그리하여 부귀와 영광을 손에 넣은 중화 제일의 화가는 울먹이며 한탄했다.

"그렇게 그렸으니까. 그렇게 그리라고 시켜서, 그렇게 그렸으니까. 내 그림에는, 아무런 불순물도 들어 있지 않겠지."

장평은 문득 느꼈다.

'생각하지 않았다.'

조헌의 그림을 보면서는 생각할 필요가 없었다는 것을.

아니, 생각의 여지조차 없었다는 것을.

조헌이 전하고자 하는 형태가 머릿속에 곧바로 떠올랐으니까. 오해와 오독의 여지가 없는, 정확하고 분명한 정보가.

'산수도화를 볼 때와는 달리.'

여러 시각으로 볼 수 있었던, 여러 가지 의미로 생각할 수 있었던 산수도화와는 분명 다른 종류였다.

"나는 산수를 담아 건넸다. 풍경을 담아 건넸다. 사람을 담아 건넸다. 내 눈에 보이는 모든 것을 그림에 담아 황제에게 건네기 위해, 나는 내 인생을 바쳤다."

"황제의 눈이 되셨군요."

"그래, 그렇지. 황제가 잠깐 구경하고 말 그림들을 위해 평생을 바쳤지."

조헌은 피눈물을 흘렸다.

"평생. 평생을 말이야. 어떻게 하면 더 정확히 그릴 수 있을지, 어떻게 하면 더 쉽고 편하게 볼 수 있을지 연구까지 해 가며 그렸단 말이야. 내 평생을 들여 가면서!"

그는 장평에게, 아니, 장평 너머에 있는 누군가에게 외쳤다.

"돌려줘! 내 인생을 돌려줘! 난 황제의 눈이 되려고 태어난 것이 아니었단 말이야!"

퍽!

조헌의 눈과 코에서 피가 터져 나왔다.

당황한 장평이 응급조치를 하려고 붙드는 동안에도 그는 울부짖었다.

"나는 화가였단 말이야!"

* * *

조헌은 단어조차 되지 못한 울부짖음을 몇 번 더 토해
내더니, 촛불이 꺼지듯 픽 쓰러졌다.

'끊어졌다.'

그 스스로의 격분을 신체가 감당하지 못한 것이었다.

장평은 다급히 응급조치를 취했다.

혈도를 짚어 조헌의 출혈을 멈추자, 흥분은 점점 가라
앉았다.

하지만 안심할 수는 없는 상황이었다.

언제 죽어도 이상하지 않은 몸. 이대로 눈을 뜨지 못하
고 죽는다 해도 놀라지 않으리라.

"후……."

장평은 그를 더러운 침상에 눕혔다.

그림들로 둘러싸인 침상은 마치 수백 년 전의 귀인이
묻혀 있는 묘실처럼 느껴졌다.

오직 망자와 함께 썩어 가기 위해 제작된 부장품들만이
함께하는, 죽은 자의 안식처처럼.

"쌔액…… 쌔액……."

숨소리가 거칠었다.

앙상하게 마른 몸, 뼈에 붙은 거죽은 숨을 쉴 때마다
부위를 가리지 않고 흔들렸다.

숨 쉬는 것조차도, 고작 숨 쉬는 것조차도 힘에 겨운 늙은 몸.

그러나 조헌에게 있어 가장 큰 고통은 몸의 고통이 아니었다.

그림. 그가 그릴 수 있는 그림들을 황제에게 빼앗겼다는 고통이었다.

물론 황제로서는 억울할지도 모른다. 조헌은 스스로 궁정 화가가 되기를 청했고, 황제는 그에게 충분한 부귀영화를 지불했으니까.

하지만 지금 죽음을 마주한 조헌에게 부귀영화가 무슨 소용이 있겠는가?

"⋯⋯."

장평은 조헌의 곁에 앉았다.

'이로써 내 임무는 끝났다.'

장평의 임무, 그러니까 서수리와 청소반이 요청한 것은 조헌이 마교도인지 확인해 달라는 것이었다.

'그는 마교도가 아니다.'

증세 자체는 비슷했다. 자신의 세계관이 무너지는 충격, 그리고 파격(破格)과 계몽의 여파로 심마(心魔)에 드는 것은.

하지만 조헌이 받은 정신적인 충격은 외부에서 온 것이 아닌, 산수도권이라는 그림 때문이었다.

자신의 생각을 담아 그려 낸, 해석의 여지가 있는 그림.

그 '시건방진' 그림을 보며, 조헌은 자기 자신을 돌아볼 수밖에 없었다.

그리고 깨달을 수밖에 없었다.

조헌의 그림 속에는 조헌이 없다는 것을.

잘 그렸을 뿐, 아무런 의미도 없는 그림. 후세의 그 누구도 조헌의 그림에 별다른 가치를 느끼지 못할 것임을.

그리고…….

'너무 늦었다.'

이제 와서 새로운 것을 배우고 시도할 시간이 없다는 것을.

시간.

그것이 그가 부서진 이유였다.

'원인도, 과정도 명백하다. 조헌은 마교와 아무 관련이 없다.'

산수도화 자체는 아무 문제가 없었다.

그저 새로운 기법으로 그려진 실험적인 그림일 뿐이었다.

죽기 직전인, 그래서 새로운 것을 배울 여유가 없는 조헌이 특수한 경우였을 뿐. 평범한 화가라면 화풍을 바꾸거나 새로운 시도를 하는 것으로 무난히 반응하리라.

'수사는 끝났다.'

이제 남은 것은 서수리에게 결과를 전해 주는 것뿐이었다.

"⋯⋯."

그러나 장평은 왜지 모르게 일어나고 싶지 않은 기분을 느꼈다.

'왜지?'

장평이 해 줄 수 있는 것은, 아니, 할 수 있는 것은 아무것도 없었다.

지금의 조헌에게 필요한 것은 의원이 아니라 장의사였다.

그러나 장평은 도저히 조헌의 바짝 마른 몸에서 눈을 뗄 수 없었다.

'내가 왜 망설이는 거지?'

장평은 냉정하고 이성적으로 자신의 감정을 마주 보았다.

'내가 조헌에게 뭘 해 줄 수 있기에?'

그 순간, 장평의 소매 안에서 뭔가가 톡 굴러떨어졌다.

잘 접어 밀봉된 승천산의 약봉지였다.

장평은 조헌을 바라보았다.

고통스럽게 숨을 쉬는 노인.

삶은 부정당했고 마음은 꺾인 패배자를.

장평은 깨달았다.

'자비.'

그가 조헌에게 줄 수 있는 것이 남아 있다는 것을.

'나는 그에게 자비를 베풀 수 있다.'

조헌은 더 이상 자신의 패배를 곱씹을 필요가 없었다. 답을 낼 수 없는 문제를, 채울 수 없는 화폭을 앞에 두고 고뇌할 필요가 없었다.

'깨어나서 현실을 마주하지 않아도 되는 자비를.'

장평은 몸을 일으켰다.

그리고 손을 뻗었다.

이미 수많은 이의 피가 묻은 손길을.

* * *

서수리는 따분하다는 듯이 야외의 탁자에 턱을 괴고 앉아 있었다.

"하암……."

얼핏 보기에는 오후의 햇볕을 만끽하는 나른한 기녀처럼 보였다. 기녀처럼 화려하게 차려입은 기녀다운 모습이었으니까.

그러나 첩보에 대해 안목이 있는 사람이라면, 서수리가 좋은 위치에 자리 잡고 있음을 느끼리라.

사각이 거의 없는 완벽한 시야.

예상 밖의 접근이 불가능한 위치였다.

그래서 서수리는 나른한 말투로 말했다.

"선배는 여전히 사각지대를 잘 찾아내시네요. 현장을 많이 뛰신 덕분인가요?"

"그래."

사각지대를 거쳐 서수리의 옆에 앉은 자는 막일꾼의 행색을 하고 있는 사내였다. 서수리는 나른한 표정 그대로 읊조렸다.

"오래간만이에요, 선배. 선배는 요즘 어떤 이름을 써요?"

"장신구 상인. 너는?"

"서수리. 저번 임무 그대로예요."

"그래. 서수리."

장신구 상인은 서수리의 반대편을 보며, 입술을 거의 움직이지 않고 말했다.

"청소반은 무슨 짓을 꾸미고 있는 거지?"

"마교 최고의 전문가인 장평 대협에게 도움을 청했지요. 마교도 감별을 위해서요."

"우리 허락도 없이 말인가?"

"장평 대협 본인의 허락을 받았어요."

"그는 미소공주님의 직속 요원이다. 공식적으로 지원

요청을 했어야지."

"장평 대협에게는 단독 행동권이 있죠. 그리고 자의로
저를 돕고 있고요. 뭐가 문제죠?"

"문제를 삼으면 문제가 된다. 그렇기에 선을 그은 것이
다."

장신구 상인은 서수리를 바라보았다.

"청소반이라고 해서 허락 없이 선을 넘어도 된다는 것
은 아니다. 알고 있을 텐데?"

"알고 있어요."

서수리 또한 고개를 돌려 장신구 상인을 바라보았다.

"이미 각오도 했고요."

"그런가."

장신구 상인은 더 이상 말해 봤자 무의미함을 깨달았
다.

"백화원에서의 옛정으로 경고를 해 주려고 왔건만, 경
고하기엔 너무 늦었군."

"죄송해요, 선배."

"아니. 사과할 것은 나다. 네가 장평에게 접근할 줄 알
았다면, 미리 경고해 줬어야 했다."

"예?"

"너흰 장평에 대해 착각하고 있다. 미소공주님이 장평
에게 단독 행동권을 준 것은 단순히 그가 유능해서가 아

니었다. 유능함보다 더 중요한 이유가 있기 때문이었지."

"그 이유가 뭐죠?"

"통제는커녕, 예상할 수도 없기 때문이었다."

서수리의 눈빛에 희미한 불안감이 스쳤다. 오랜 기간 알고 지낸 경험상, 장신구 상인은 허튼소리를 하는 사람이 아니기 때문이었다.

지금처럼 호의로 충고해 주러 온 상황은 더욱 드문 일이었다.

"장평은 변수 그 자체. 그가 얽힌 일들 중, 예상대로 진행된 일은 한 번도 없었다. 장평은 작전의 일부가 아니라, 작전 외의 변수로 다뤄야 한다. 그게 우리가 그를 풀어 둔 이유이자, 풀어 둘 수밖에 없던 이유였다."

서수리는 미간을 찌푸렸고, 장신구 상인은 쓴웃음을 지었다.

"이미 늦었나?"

"예, 선배. 너무 늦었어요."

"그렇다면 청소반에 전해라. 각오하고 있으라고."

"뭘요?"

어두운 표정의 서수리를 놓아둔 채, 장신구 상인은 자리에서 일어났다.

"너희가 예상하지 못했던 결과를."

* * *

장평의 손이 조헌의 앙상한 목에 닿은 순간.

"……싶다."

조헌이 뭉개진 발음으로 옹알댔다. 말이 아닌, 신음에 가까운 소리였다.

장평은 조헌의 얼굴을 살폈고, 그가 깨어나지 못했다는 것을 확신했다.

"……그리고 싶다."

조헌은 읊조리고 있었다.

비몽사몽 중임에도 불구하고 되뇌고 있었다.

"내 그림을…… 그리고 싶다……."

장평은 잠시 생각하다가 손을 거두었다.

하고 싶은 일이 있다는 것은 살고 싶다는 뜻이기도 했다.

삶을 송두리째 빼앗긴 사람에게 마지막 남은 시간마저 빼앗을 수는 없었다.

'백면야차는 죽어야 한다.'

장평 또한 삶을 빼앗겨 보았다. 환생해서까지 백면야차를 죽이려 하는 그라면, 편하고 깔끔한 죽음 대신 추하고 비참한 발버둥이라도 쳐 보겠다는 조헌의 결정을 존중해야만 했다.

그러자 가슴속 어디에선가 '달칵' 하고 맞물리는 소리가 들린 기분을 느꼈다.

'그렇구나. 나는 조헌을 동정하고 있던 것이 아니었구나.'

조헌에게 품은 감정을 이해한 것이었다.

'그에게 공감하고 있던 거구나.'

숙원이 있는 사람에게 죽음은 자비가 아니었다. 분하고 원통한 것이었다.

장평은 죽음을 넘어서까지 복수를 원하듯이, 조헌 또한 삶의 마지막을 불태우면서까지 자신을 위한 그림을 갈망했다.

그 숙원을 돕는 것이 진정한 자비였다.

설령 이뤄지지 않는다 할지라도.

'내가 여기에 남을 필요가 있는가?'

없었다.

'내가 조헌을 도와서 얻을 이득이 있는가?'

없었다.

'조헌이 숙원을 이루는 것을 보고 싶은가?'

장평은 잠시 침묵했고, 스스로에게 답했다.

'그래. 보고 싶다.'

장평은 조헌에게 동질감을 느꼈다.

그래서 보고 싶었다.

삶을 빼앗긴 사람이, 죽음을 앞둔 사람이 그럼에도 불구하고 숙원을 이뤄내는 모습을.

똑같은 패배자이자 고행자로서 조헌이 승리하는 모습을 보고 싶었다.

'내가 보고 싶으니, 그를 돕자.'

그것으로 장평의 복수 또한 성공할 것이라는 희망을 품고 싶었다.

'하지만 무슨 수로?'

조헌은 그림의 무림지존이었고, 장평은 그림에는 문외한이었다. 그림에 대해 논할 능력 자체가 없었다. 이제와서 공부를 해도 유의미한 지식을 쌓기도 전에 조헌의 수명이 다하리라.

고민하던 장평의 머릿속에 누군가의 말이 스치고 지나갔다.

〈학문이 무공의 소재가 된다면, 무공도 학문을 검증하는 수단으로 사용할 수 있겠지.〉

건곤대나이에 대한 남궁연연의 말이.

장평은 그 자리에 우뚝 멈춰 섰다.

'무림은 무(武)를 위해 모든 것을 흡수했다. 모든 학문과 종교를 무공을 위해 전용했다.'

그리고 마교의 건곤대나이는 정확히 그 반대의 용도로 사용되었다. 중력에 대한 가설을 증명하기 위한 용도로 무공을 이용했다.

'무공으로 과학을 증명할 수 있다면, 무학으로 미술을 논할 수도 있지 않을까?'

장평의 머릿속, 환상 속의 남궁연연은 고개를 끄덕였다. 그녀가 고개를 끄덕였기에, 장평도 확신했다.

'분석하자. 조헌이란 화가를 분석하자.'

자료는 충분했다. 조헌의 그림은 많이 있었다. 장평은 천천히 그림들을 바라보며 생각에 잠겼다.

'내가 그의 화풍을 파훼할 수 있을 때까지.'

* * *

조헌이 눈을 떴을 때, 그는 죽음이 예전보다 더 가까워졌다는 것을 느꼈다.

혀끝으로 죽음의 맛이 느껴졌다. 메마르고 퍼석퍼석한 맛이.

"물……."

조헌이 읊조리자, 장평이 조심스럽게 물을 입안에 흘려주었다.

입안에 수분이 돌았다. 하지만 세상 모든 물을 부어도 가시지 않을 메마름과 퍼석함은 여전히 입안에 남아 있었다.

상관없었다. 일어나 움직일 수만 있다면.

"얼마나 지났지?"

"하루 밤낮이 지났습니다."

장평의 말에, 조헌은 무기력한 목소리로 물었다.

"아직도 나를 의심하나?"

쓰러지기 전, 조헌은 심마의 원인을 토로했다. 장평이라면 그게 진실이라는 것을 바로 눈치챘으리라.

답을 얻었으면 남아 있을 이유가 없었다. 임무가 끝났으니 떠나야 정상이었다.

"아닙니다."

"그럼 왜 남아 있지?"

"사적인 감정입니다. 저는 대감의 마지막 그림을 보고 싶습니다."

조헌의 눈에 장평의 눈빛이 보였다. 그들 같은 부류의 사람들에게서는 보기 힘든, 동정심과 호의가 담긴 눈빛이.

"그러기 위해 대감을 돕고 싶습니다."

조헌의 눈에 복잡한 감정이 펼쳐졌다.

고마움과 미안함, 그리고 그와 상반되는 부담감과 불안감. 전 재산을 건 확률 낮은 도박에 다른 사람이 판돈을 얹는 느낌이었다.

"내가 정말 그릴 수 있다고 생각하나? 지금도 상상조차 못 하는 것을?"

조헌의 문제는 바로 그 자신이었다.

그는 이미 완성된 화가였고, 빈 종이만 보아도 이미 완성된 그림이 떠올랐다.

배우고 기억하긴 쉬워도 잊는 것은 어려운 법. 잊으려고 노력할수록 더 또렷하게 기억될 뿐이었다.

조헌은 자신의 화풍에서 벗어난 것을 상상할 수 없었다. 지금처럼 마음이 조급한 상태에서는 더욱 어려운 일이었다.

"그래서 미혼약을 원하신 겁니까?"

"그래. 내가 내 정신이 아니라면, 내 화풍에서 벗어날 수 있을지도 모르니까."

"그 반대가 될 가능성이 높습니다."

"안다."

조헌은 무기력한 목소리로 말했다.

손이, 그리고 몸이 그의 화풍을 기억하고 있었다.

"무의식적으로 그려 봤자 내 화풍대로 그릴 가능성이 높다는 것 정도는."

만취한다 해도 벽을 부수고 들어가는 자는 없다. 문을 찾아 들어가지. 아마도 미혼약을 먹는다 해도 몸은 평생 그린 대로 그림을 그릴 것이다.

아니면 그냥 평범한 약쟁이들처럼 환각 속에서 해롱대

든가.

"하지만 맨 정신으로 내 화풍을 벗어날 가능성은 아예 없다. 희박한 가능성이라도 시도해 볼 수밖에."

"지금 대감께 얼마나 시간이 남았는지는 모르겠지만, 미혼약을 먹으면 그게 대감의 마지막 기억이 될 겁니다. 약기운을 감당하지 못하고 즉사할 가능성이 높고, 뭔가를 그리신다 해도 환각과 후유증에서 벗어나기 전에 죽을 겁니다. 뭘 그렸는지 보기도 전에요."

장평은 타이르듯 말했다.

"미혼약은 해결책이 아닙니다. 과정이 다른 자살일 뿐이지요."

"맞는 말이다."

조헌은 담담히 말했다.

"하지만 다른 방법이 없다. 내 상상력은 내 화풍에서 벗어날 수 없다."

"그 또한 맞는 말입니다."

"장평, 나는 시간이 없다. 말에 사족을 붙이지 마라."

조헌은 장평을 바라보았다.

"내게 제안할 것이 있나?"

"예."

"그게 뭐지?"

"대감께서는 새로운 화풍의 그림을 그리고 싶어 하셨

죠. 산수도권과 같은 다양한 관점과 생각의 여지가 있는 그림을."

"그래."

"하지만 몸에 익힌 화풍을 떨쳐 내기엔 너무 늦었고요."

"그렇다."

"그렇다면 답은 하나뿐입니다."

"그게 뭐지?"

"포기하십시오."

장평은 담담한 목소리로 말했다.

"새로운 그림을 그리는 것을 포기하십시오."

* * *

장평은 반발이나 분노를 예상했다.

그러나 조헌은 차분하게 반문했다.

"그러면?"

그에게는 감정 표현에 낭비할 시간도, 기력도 없기 때문이었다.

그 덕분에 장평은 편하게 말할 수 있었다.

"대감은 화가로서 정점에 올랐습니다. 문제는 그 산이 대감 본인이 원하던 산이 아니었다는 것이지요. 이젠 저 멀리 보이는 다른 산에 오를 시간조차 없고요."

"그래."

"그렇다면 차라리 더 올라갑시다."

조헌의 눈썹이 꿈틀거렸다.

"뭐?"

"대감이 쌓아 온 것들을 버릴 시간이 없다면, 그것들을 딛고 더 높은 경지에 오르는 겁니다."

조헌은 잠시 침묵했다. 장평의 말을 이해하기 위해서였다.

하지만 이해할 수 없었다.

"무슨 뜻이지?"

"무학에는 세계관의 개념이 있습니다. 종교, 아니면 철학에서 차용한 개념이겠지요."

장평은 조헌을 바라보았다.

"대감께서는 볼 수 있는 것은 그릴 수 있다고 하셨지요."

"있다."

"화풍을 바꿀 수 없다면, 시점을 바꾸는 겁니다. 스스로를 포기하는 환각 따위가 아닌, 스스로의 힘으로 더 높은 경지를 보십시오. 대감이 아닌 그 누구도 볼 수 없는 무언가를요."

"더 높은 경지에 오르라는 말이군. 무림인의 방식대로."

조헌은 장평을 바라보았다.

"쉬운 일인가?"

"어려운 일입니다."

장평 스스로도 새로운 세계관을 갖지 못하여 멈춰 있었으니까.

"어쩌면 불가능한 일일 수도 있습니다."

"무책임하군."

"예."

장평은 승천산을 조헌의 손에 쥐여 주었다.

"그러니 선택은 대감 스스로 하십시오."

"나 자신을 잃는 도박이냐. 나 자신을 뛰어넘는 도박이냐. 어느 쪽이건 도박이군."

"예."

조헌은 주저하지 않았다.

"어차피 도박을 해야 한다면, 판돈이 큰 쪽에 거는 편이 낫겠지."

늙은 화가는 손바닥을 뒤집어 승천산을 바닥에 떨어트렸다. 장평을 바라보는 조헌의 눈빛은 굶주린 맹수처럼 강렬했다.

"나는 조헌이다. 내 눈에 보이는 것 중에 그려 내지 못할 것은 없다."

지금 장평의 눈앞에 있는 것은 잔명(殘命)을 패배감으

로 갉아먹는 망령이 아니었다.

야만적인 창작욕으로 가득한 육식동물. 그것도 정점에 오를 때까지 필사적으로 투쟁해 온 제왕이었다.

"나를 이끌어라, 장평. 오직 나만이 볼 수 있는 무언가에게로."

창작욕에 굶주린 짐승은 으르렁거렸다.

"볼 수만 있다면, 반드시 그려 보일 테니까."

* * *

남은 것은 시간.

글자 그대로 시간문제였다.

장평은 자신이 무림인으로서 쌓아 온 것과 겪어 온 것, 그리고 무엇보다도…….

"만유인력이란 개념이 있습니다. 세상에는 중력이라는 힘이 있어, 존재하는 모든 것은 서로를 끌어들인다는 개념이지요."

그가 소화하지는 못했으되, 훔쳐본 것들.

"가능성을 보는 경험을 한 적이 있습니다. 사람 혹은 물건이 변화할 수 있는 모든 가능성을 보는 것이지요."

신들의 경지에 이른 이들의 세계관까지.

만약 무림인이 훔쳐 듣는다면, 이 얘기를 들었다는 이

유만으로도 즉시 살인멸구해야 할 고급 정보들이었다.

그러나 장평은 주저 없이 말하고, 조헌은 그 지식들을 빨아들였다.

'보고 싶다.'

장평은 보고 싶었다. 평생을 이용당한 조헌이 자신만의 답을 내놓는 모습이.

그리하여 확인받고 싶었다. 장평 또한 자신의 숙원을 이룰 수 있을 것이라고.

'그가 그린 그림을 보고 싶다.'

문제는 시간이었다.

'시간이 없다. 시간이.'

시간의 추격보다 빠르게 조헌이 자신의 세계관을 갖춰야 했다.

장평은 머릿속을 떠도는 개념들을 형언(形言)하여 설명했다.

조헌은 처음에는 질문도 하고 반박도 했지만, 점점 말수가 줄어들며 골똘히 생각에 잠기곤 했다.

사고와 집중력의 밀도가 너무나도 높아져 현실이 아닌 것 같은 묘한 이질감마저 느껴질 정도였다.

"……."

그 기묘한 공간 속에서, 장평은 어느새 자신이 침묵하고 있음을 느꼈다.

조헌이 생각하고 있기 때문이었다.

'그가 문 앞에 섰다.'

닫혀 있는 문 앞까지 이끌어 주는 것. 장평이 해 줄 수 있는 것은 여기까지였다.

그 육중한 철문을 비틀어 열고 그 너머를 보는 것은 조헌 스스로의 몫이었다.

'열어라, 조헌. 밀어 젖혀라.'

장평은 간절히 소망했다.

조헌의 야만적인 창작욕이 그가 평생 동안 배우고 익혀 온 모든 것을 뛰어넘기를.

오직 자기만족만을 생각하는 이기적인 창작욕이 그를 가두고 있는 상식과 기교의 틀을 깨부수기를.

'파격(破格)을 이루어 널 가두고 있던 모든 굴레를 찢어발겨라.'

그 순간이었다.

덜컥.

한순간 조헌의 모든 움직임이 멈췄다.

눈의 깜빡임은 물론, 호흡마저도.

그것은 단 한 순간에 불과했다.

장평이 절정고수가 아니었다면 눈치채지도 못했을 찰나.

그 의미를 알고 있는 장평은 미소 지었다.

'열었구나, 조헌.'

그는 지금 문 너머를 보고 있었다.

창작욕이, 이기적이고 야만적인 창작의 욕구가 마침내 그를 지금껏 닿지 못한 경지에 들어서게 만든 것이었다.

문제는 바로 그것이었다.

"돌아와라, 조헌. 너무 늦기 전에 돌아와라."

이것이 무인으로서의 깨달음이었다면, 조헌의 삶은 연장되었으리라. 그간 쌓아 온 내공으로 환골탈태를 이루었으리라.

하지만 그에게는 내공이 없었고, 환골탈태도 불가능했다.

"경이감 속에서 만족하지 말고, 구질구질한 현실로 돌아와라."

천외천을 노니는 그의 정신은 현실로, 죽어 가는 쇠잔해진 육신으로 돌아와야 했다.

너무 늦기 전에, 그의 몸에 그림을 그릴 여력이 남아 있는 동안에 돌아와야 했다.

"그림을 그려야 하잖나. 마지막 그림을!"

장평은 초조한 표정으로 조헌을 바라보았다.

죽음의 전문가인 장평은 느낄 수 있었다. 그의 몸이 시시각각으로 죽어 가고 있음을.

오늘을 넘길 수 없음은 물론이고, 반 시진도 힘들었다.

일다경? 일각?

장평과 나눈 대화조차도 회광반조(回光返照)에 불과한 것이었다.

"이긴 채로 떠날 셈이냐? 경이감 속에서 죽을 셈이냐?"

장평은 이를 악물었다.

"네 화폭은 아직 백지로 남아 있단 말이다!"

그 순간, 조헌의 몸이 덜컹 흔들렸다.

쌕쌕거리는 힘겨운 숨소리가 다시 이어졌다.

그는 비릿한 미소를 지은 채 말했다.

"마침 좋은 꿈을 꾸고 있었는데."

"그게 네 목적이었다면, 그렇게 놔뒀을 것이다. 행복한 죽음이 네 목적이었나?"

"아니. 나는 화가다. 영감을 얻은 화가."

조헌은 야만적인 창작욕과 현기(玄機)가 뒤섞인 안광을 발했다.

"날 내 화구들 곁으로 옮겨라."

장평은 그를 안아 들어 의자에 앉혔다.

그러나 의자에 앉은 조헌의 상체는 버티지 못하고 쓰러지려 했다.

'허리에 힘이 빠졌다.'

장평은 그의 근육들을 점혈했다. 허리 아래의 근육들을 경직시켜 앉은 자세를 억지로 만든 것이었다.

조헌은 아무것도 신경 쓰지 않았다.

그는 붓을 쥔 채 백지를 바라보았다.

사냥감을 겨눈 사냥꾼의 활처럼 팽팽한 긴장감과 함께.

그러나 붓은 움직이지 않았다.

"뭐 하는 거지?"

장평이 묻자, 조헌은 차분히 말했다.

"나는 문을 열었다. 그리고 아주 많은 것을 보았다. 모든 경이롭고 위대한 것들을 보았다. 네가 말한 것들과, 너를 비롯한 그 누구도 본 적 없을 것들을 보았다."

"그런데 왜 그리지 않지?"

조헌은 야수처럼 사나운 미소를 지었다.

"나는 사실적인 그림을 그릴 수 있다. 사실의 일부를 생략해, 사실보다 사실적인 그림을 그릴 수 있다. 이게 내 삶이고, 내 기술이다."

조헌의 몸에서 맹렬한 열기가 뿜어져 나왔다.

그와 대비되어 그의 몸은 말라 비틀어지고 있었다. 아직 살아 있음에도 발끝에서부터 죽음이 스멀스멀 기어오르고 있었다.

'생명을 태우고 있다.'

그는 그 누구도 볼 수 없는 것을 보기 위해서 그야말로 생명을 불사르고 있었다.

조헌은 보고 있었다. 그리고 그가 보는 세상 속에서 무언가를 기다리고 있었다.

그뿐만이 아니었다.

그의 눈에는 핏발이 섰고, 과도한 열기로 인해 눈알이 익어 가고 있었다.

"그려, 조헌!"

발끝에서부터 죽음이 스며들고 있다면, 생명을 불태우는 열기 또한 그의 몸을 불사르고 있었다.

"보이고 있잖아! 지금 보이는 걸 그려!"

"아직. 아직이다."

장평이 부르짖자, 조헌은 광기에 찬 흉험한 미소를 지었다.

"평생을 타협해 왔다. 내 마지막 그림은 그 무엇과도 타협하지 않을 것이다."

장평은 이를 악물었다.

'빌어먹을 환쟁이!'

장평은 무학을 전용하여 조헌을 세계관의 경지로 이끌어 주었다.

그는 단 한 번도 보지 못한 것을 보았다. 극소수의 절정고수만이 닿을 수 있는 곳을 보았다.

그러나 그곳은 다른 이들도 닿을 수 있는 곳이었다. 어렵고 까다롭긴 하지만, 볼 수 있는 곳이었다.

"누구도 그릴 수 없는 것을 그릴 것이다. 그러기 위해 누구도 볼 수 없는 것을 볼 것이다."

"그게 뭔데?"

피싯. 피싯.

죽음과 열기가 위아래에서 그의 몸을 찍어 누르고 있었다. 칠공에서 피가 줄줄 흘렀다. 투명한 무언가가 섞인 피가.

'파열된다.'

장평이 겪어 본 현상이었다.

만유인력과 가능성이 겹쳤을 때. 그 무한한 정보량이 뇌를 파열시킬 때.

단련된 무림인인 장평조차도 정신을 잃고 쓰러졌었다.

"멈춰! 조헌! 멈춰!"

하지만 조헌은 지금 그곳을 향해 한 걸음 한 걸음 다가가고 있었다.

온 세상이, 모든 법칙이 그의 걸음을 거부하고 막아서고 있음에도 불구하고.

정보의 해일을, 지식의 태풍을 야만스러운 창작욕에 의지해 뚫고 나가고 있었다.

"내가 보고 싶었던 것은 네 자멸이 아니야!"

견딜 수 없는 압력들에 조헌의 몸이 무너지려는 그 순간.

쉬익!

시위를 벗어난 화살처럼 급작스럽게, 조헌의 붓이 섬광처럼 움직였다. 지금 그를 짓누르는 모든 압력을 담은 일필(一筆)이.

"……흐."

그림을 그린 순간, 조헌을 짓누르던 압력은 거짓말처럼 사라졌다. 그 모든 힘이 저 그림 속으로 빨려 들어가기라도 한 것처럼.

"……조헌."

그는 웃고 있었다. 승리의 환희 속에서 만족스러운 미소를 짓고 있었다.

"뭘 그렸지?"

"현실."

장평은 화폭을 바라보았다.

동그라미. 원(圓) 하나가 그려져 있었다.

"이게 현실이라고?"

"아니. '순수한' 현실이다."

조헌은 편안한 미소 속에 읊조렸다.

"나는 보았다. 네가 말한 것들과 너도 알지 못할 수많은 것으로 뒤엉킨 세상을. 그리고 그 와 동시에 깨달았다. 언젠가는, 누군가는 나와 같은 풍경을 볼 수 있다는 것을. 나는 그 누군가조차도 그릴 수 없는 그림을 그려

내고 싶었다."

"그게 이 원인가?"

"그래. 그 어떤 법칙도, 어떠한 힘도 닿지 않은. 불순물 없는 현실을 화폭에 고정시켰다."

조헌의 몸이 퍼석거리며 부서지기 시작했다. 죽은 지 오래된 유해처럼.

"보아라, 장평. 오직 너만이 볼 수 있는 내 그림을 네 기억 속에 새겨 두어라."

"황제에게 바치지 않을 건가?"

"더 이상 그에게는 아무것도 빼앗기지 않을 것이다. 특히 나 혼자만의 그림이 아니라면 더욱더."

"무슨 소리지?"

"이건 '우리'의 그림이다, 장평. 네가 보여 준 것을 내가 그린 합작품이지."

조헌은 미소를 지었다. 그의 볼은 사후강직으로 이미 굳어지고 있었다.

"유족은?"

"없다."

"그런가……."

그에게는 정말 그림 말고는 아무것도 남지 않았던 것이었다.

장평은 화폭을 보며 물었다.

"제목은?"

"진공원(眞空原)."

조헌은 편안한 한숨을 내뱉었다.

"후......."

오래 묵은 많은 것을 털어 내는 한숨을.

"역시, 그림은 재미있어. 그렇지?"

그것이 조헌의 유언이었다.

* * *

조헌은 앉은 채로 눈을 감았다.

손에는 붓을 쥔 채로.

생기를 잃은 조헌의 몸을 보며, 장평은 타고 남은 잿더미를 떠올렸다. 한때는 씨앗이고 나무였을 땔감의 잔해를.

"......후."

이로써 장평의 일은 끝났다.

서수리의 의뢰도, 그리고 개인적인 용무도.

장평은 진공원을 바라보았다.

"......."

그것은 단순한 원이었다.

흰 종이 위에 그려진, 아무것도 들어 있지 않은 원.

'이게 조헌의 심득(心得)이란 말인가?'

장평은 그를 깨달음의 문 앞으로 데려가 주었고, 그는 문을 열었다. 그리고 정황상 단순히 보는 것 이상의 무언가를 이루었다.

천마나 용태계처럼 신들만이 할 수 있는 것을 해냈다.

조헌이 갈망하던 것은 그림 그 자체.

그림이라기엔 단순한 저 원 안에는 그 모든 것이 담겨 있다는 뜻이리라.

'그렇다면 나 또한 훔쳐볼 수 있겠지.'

만유인력을 보았던 것처럼, 가능성들을 보았던 것처럼, 진공원 또한 볼 수 있으리라.

장평은 조헌의 건너편에 앉았다. 몸을 정돈하고 마음을 가라앉히고 진공원을 바라보았다. 부지불식간에 깨달음을 얻어도, 오랜 시간 동안 무아지경이 되어도 문제가 되지 않도록.

"……."

그리고 장평은 실망했다.

한참 동안 집중해서 보았음에도 불구하고, 깨달음의 기미가 전혀 느껴지지 않았기 때문이었다.

'엉터리…… 일 가능성은 없고.'

자신의 그림을 남기는 것에 그렇게 집착하던 조헌의 유작이었다. 무의미한 낙서일 리는 없었다.

'내가 이해를 못 하는 건가?'

오히려 장평이 제대로 '보지 못했다'라는 것이 더 현실적인 설명이었다.

'그림으로 전용된 무학이라서 그런가?'

한번 미술이 되어 버린 무학을 소화시키기 위해서는 보는 자 또한 그림에 대한 지식이 필요하다 해도 이상하지 않았다.

'여러모로 이례적인 경우니까……'

장평이 고개를 든 순간이었다.

쿵…….

뇌성벽력이 뇌리를 타고 흐르는 듯한 충격과 함께 눈앞의 풍경이, 그리고 세상이 장평의 시야를 후려쳤다.

눈앞의 풍경이, 세상이 시야를 후려친다.

비유처럼 들리지만 비유가 아니었다.

'뭐야 이거……!'

장평의 눈앞에 펼쳐진 것은 조헌의 집이었다. 낡고 허름하며 생기도 생활감도 없는 폐가.

장평이 기억하는 그대로의 모습이었다.

'없다.'

하지만 장평이 보지 못했던 모습이기도 했다.

'내 눈에 보였던 뭔가가 보이지 않는다.'

장평은 혼란스러워했다. 그러나 그것도 잠시. 장평의

뇌리에 무언가 막연한 직감이 스치고 지나갔다.

'진공원!'

장평은 다시 눈을 돌려 진공원을 바라보았다.

그것은 평범한 원이었다.

〈불순물 없는 현실을 화폭에 고정시켰다.〉

종이 위에 먹물로 그려 놓은 평범한 원.

〈그 어떤 법칙도, 어떠한 힘도 닿지 않은.〉

장평은 고개를 들어 주변 풍경을 바라보았고, 그제야 자신이 느끼는 기이함의 본질을 깨달았다.

'이거였구나. 조헌이 포착해 낸 것이, 그 누구도 그릴 수 없는 그림이 이거였구나.'

세계관은 세상을 자신의 깨달음대로 바라보는 눈이었다. 천마는 중력의 상호작용을 보았고, 용태계는 만물의 가능성들을 보았다.

그리고 조헌은, 현실을 보고 사실을 그리는 것에 평생을 들인 화가는 마침내 그려 낸 것이었다.

'현실 그 자체를!'

세상은 수많은 법칙과 힘으로 이루어져 있었다. 천년이 지나고 만년이 지나도 사람들은 세상을 이루는 법칙들을 모두 규명하지 못하리라.

하지만 이해하지 못하는 것도 볼 수는 있었다.

보고 그리는 것이 조헌의 삶.

깨달음을 얻은 조헌의 눈에는 분명 많은 것이 보였으리라. 어쩌면 무림인이나 학자들보다도 더 많은 법칙과 힘들이 보였으리라.

보는 사람을 위해 사실을 생략해 온 조헌이 그려 낸 것은 이 그림을 볼 사람을 위한 그림이었다.

그가 본 유무형의 권세와 법칙들을 모두 걷어 낸, 존재하지만 존재할 수 없는 풍경.

'현실' 그 자체를.

"아……."

조헌이 남긴 그림, 진공원은 저 원만이 아니었다. 오히려 그 반대. 저 원을 제외한 세상 전체가 그가 그린 그림이었다.

장평은 진공원을 직시했다.

그리고 이해했다.

번쩍!

뇌 안에서 생각이 폭발하는 것이 느껴졌다.

독선적이고 오만한 조헌이 남긴 야만스러운 영감(靈感)이 장평의 사고(思考)를 비틀어 넓히고 있었다.

그리고 점차 넓어지는 생각의 중앙에 진공원이 새겨지기 시작했다.

'이것은 닻이다. 내 머릿속에 내려진 현실의 닻.'

그 진공원을 중심으로 세계관이 빚어지고 있었다.

정확히 무엇을 깨달은 건지는 모르겠지만, 이해는 세계
관이 빚어진 뒤에 해도 늦지 않았다.

'내게 주어진 마지막 기회다.'

장평은 이미 세계관의 파열을 겪어 보았다. 지금이 아
니라면 다시는 기회가 없을 수도 있었다.

장평은 저항하지 않고 그 세계관이 퍼져 나가도록 지그
시 눈을 감았다.

많은 것이 눈앞을 스치고 지나갔다.

그가 본 것, 본 적 없는 것, 볼 수 없는 것까지 너무나
도 많은 것이 '보였다'.

그러던 중, 장평은 보았다.

유난히도 눈이 가는 하나의 풍경을.

〈틀렸다. 너도, 나도 틀렸다. 우리 모두 틀렸다.〉

두 사람이 서 있었다. 지칠 대로 지친 흰 노인과, 절망
하여 무너진 검은 노인이 서로를 마주 보고 서 있었다.

〈우리 모두 오해하고 있었던 거다. 무엇을 바꾸어도 아
무것도 바뀌지 않을 거란 사실을 너무 늦게 깨달은 것이
다.〉

검은 노인은 절망하며 탄식하고 있었다. 흰 노인은 묵
묵히 그의 탄식을 바라보고 있었다.

장평은 느낄 수 있었다.

'저건…… 나?'

흰 노인이 장평 자신이라는 것을.

〈그러나 가능성은 있을 것이다.〉

흰 노인은 검은 노인을 다독이며 말했다.

〈우리가 무언가를 남긴다면, 누군가에게는 가능성이 있을 것이다.〉

〈무엇을, 누구에게 남긴단 말인가?〉

〈우리의 결실을 남긴다.〉

흰 노인은 고개를 돌렸다.

거짓말처럼 장평과 눈이 마주치는 위치로.

〈우리와 같은 일을 겪게 될 누군가에게.〉

검은 노인은 절망하며 흐느꼈다.

〈네가 뭘 남기건 닿지 못할 것이다. 세상 모든 것과 마찬가지로, 일어나지도 않았던 일이 될 것이다.〉

〈그렇다면 거듭하면 된다.〉

흰 노인은 장평을 향해 손을 뻗었고, 장평은 자신도 모르게 그 손을 맞잡으려 했다.

〈닿을 때까지, 그리고 전해질 때까지. 몇 번이고 보내면 된다.〉

〈부질없는 짓이다. 지금의 네 의지 또한 일어나지 않은 일이 될 것이다.〉

〈그럼 또 다른 내가 보낼 것이다.〉

그러나 노인의 손과 장평의 손은 서로를 뚫고 지나갈

뿐이었다.

'환상이다.'

여기는 어디고 지금은 언제일까?

흰 노인은 내가 보는 환영일까? 아니면 내가 흰 노인이
보는 환영일까?

아무것도 알 수 없었다.

〈받아다오, 장평. 내가 되지 않은 나여.〉

하지만 장평은 그 어떤 논리나 법칙을 뛰어넘어 느낄
수 있었다.

〈내 실패가 남긴 결실을, 현실의 쐐기를 받아다오.〉

흰 노인이 남긴 것을 받았음을.

누군가가 간절히 전하려 했던 그 무언가를, 그가 분명
히 받았음을.

〈그리고 기억해다오.〉

흰 노인은 장평을 바라보며 말했다.

〈백면야차는 죽어야 한다.〉

                    *   *   *

"……백면야차는 죽어야 한다."

장평의 무의식적인 속삭임에 놀란 것은 장평 자신이었
다.

"……!"

그는 반사적으로 정신을 차리며 주변을 살폈다.

장소는 조헌의 화실, 시간은 이미 밤.

장평의 몸은 전과 큰 차이가 없었다.

목이 조금 마르다는 것 정도?

그러나 장평은 '볼' 수 있었다.

전과는 전혀 다른 시야와 관점으로 세상을 볼 수 있었다.

'무사히 새로운 세계관을 정립했다.'

어떠한 간섭도 없는 현실 그 자체를 직시하는, '현실'의 세계관을 얻은 것이었다.

그리고 그와 동시에 장평은 깨달았다.

"현실의 쐐기. 태허합기공."

생각해 보면 이상한 일이었다. 장평이 기억하는 전생의 '장평'은 고작해야 일류고수.

아무리 떠올려 봐도 '장평'이 태허합기공을 창안한 기억이 없었다. 그리고 그가 창안했다기엔 태허합기공은 너무 강력하고 이질적인 상승 무공이었다.

〈나의 내력을 흘려 넣어 상대방의 내력을 틀어막는다.〉

얼핏 듣기에는 그럴듯한 논리였다.

하지만 그럴듯한 것은 탁상공론일 뿐.

현실에 이르러 숫자가 섞이기 시작하면 가능함과 불가능함은 너무나도 쉽게 갈렸다.

한 톨의 모래가 어찌 강을 틀어막겠는가?

한 방울의 먹물이 무슨 수로 바다를 물들이겠는가?

"나는 불가능한 일을 해냈다."

내공이 강해진 이후의 일은 차치하더라도 회귀한 직후에 마주한 강적들, 혈운흑룡과 혈조대마만 보아도 이상한 일이었다.

절정고수인 그들의 웅혼한 내공을, 이류 무사인 장평의 티끌 같은 내공으로 봉하는 것은 불가능한 일이었다.

하지만 그들의 내공은 봉해졌다.

모순이었다. 장평이 밀어 넣은 것이 정말 내공이었다면.

"태허합기공으로 밀어 넣은 것은 내공이 아니었다."

장평은 이해할 수 있었다.

"'현실'이었다. 나는 그들에게 현실을 강제한 것이다."

지금이라면 이해할 수 있었다.

"나의 세계관. 현실의 세계관 안으로 끌어들이고 덮어씌운 것으로……."

가불 받은 힘을 쓰고 있던 것이었다.

장평도, '장평'도 아닌 누군가.

현실의 세계관을 이룬 누군가가 전해 준 힘을, 제대로

이해조차 하지 못한 상태로 써먹었던 것이었다.

"아마도 흰 노인이겠지."

이로써 태허합기공의 출처와 수준에 대한 의문은 풀렸다.

하지만 또 다른 의문점이 남았다.

장평으로 추정되는 흰 노인의 존재 그 자체가.

"흰 노인이 '장평'도, 나도 아닌 존재라면."

장평은 생각에 잠겼다.

"흰 노인은 대체 '언제' 존재했던 거지?"

장평은 기억을 되짚어 보았다. 자신과 '장평'의 기억 모두를.

그러나 기억은커녕 짐작조차 되지 않았다.

"흰 노인은 존재할 수 없는 존재다."

하지만 존재했다. 그가 보낸 태허합기공을 받은 장평이 존재하니까.

"……."

장평은 생각하는 것을 그만두었다.

판단할 근거 혹은 지식이 부족했다.

"돌아가자."

남은 일은 동창이나 조정이 알아서 하겠지.

장평은 진공원을 집었다. 아니, 집으려 했다.

톡.

"……!"

장평의 손가락이 짚은 것은 텅 빈 책상.

진공원이 그려진 백지는 환영처럼 사라진 다음이었다.

부서지거나 불타 파괴된 것이 아니었다.

처음부터 존재해서는 안 되었던 것처럼, 사라진 것이었다.

'담을 수 없는 것을 담은 그림이니, 존재할 수 없는 것도 당연한 일이겠지.'

장평은 납득했다. 그러나 동시에 곤혹스러움을 느꼈다.

'이렇게 되면, 조헌의 마지막 작품은 전달할 수 없게 된 건가?'

그러나 그 난처함은 말 그대로 한순간.

장평은 쓴웃음을 지었다.

'하긴. 진공원은 다른 사람을 위한 그림이 아니었지.'

장평은 보여 주었고, 조헌은 그려 냈다.

다른 누구에게 보여 주기 위함이 아닌, 조헌 자신만을 위한 그림을.

세상에 존재할 수 없는 그림이 잠시나마 존재했던 것은 아마도 장평 또한 공저자였기 때문이리라.

장평은 쓴웃음을 지으며 조헌을 바라보았다.

"환쟁이란……."

평생을 다른 사람의 시선을 의식하며 살았던 노화백 조헌. 그러나, 삶의 마지막 순간만은 자유롭고 이기적이었다.

"그렇다면 나도 내 멋대로 널 기억하겠다. 네 평생이 아닌, 이 며칠 동안으로. 누구보다 자유로웠던 화가로서의 네 그림을 기억하겠다."

조헌의 비쩍 마른 시체는 웃고 있었다.

당연한 일이었다. 미소를 지은 채로 사후경직이 왔기 때문이었다.

그러나 생각해 보면, 그것은 불가능한 일이기도 했다.

살아 있는 사람에게 사후경직이 오다니.

아니, 사후경직이 오고 있는 사람이 말할 수 있다니.

비현실적인 일이었다.

그러나 장평은 그것이 비현실적인 일이라고 느껴지지 않았다.

평생 현실과 타협해 온 화가가 마지막 순간에 현실과 타협한 것이었다.

현실 그 자체와.

그냥, 그런 것이었다.

장평은 작별 인사 없이 몸을 돌렸다.

조헌에게 작별 인사는 필요 없었다.

장평의 마음 한가운데에 진공원이 남아 있는 한.

삐걱.

장평은 조헌의 집을 나서며 미소를 지웠다.

이젠 현실과 마주할 차례였다.

"서수리."

기루 앞에서 서수리가 기다리고 있었다.

"일은 다 끝나셨나요?"

"그래. 모두 끝났다."

이 이상은 밖에서 나눌 얘기가 아니었다.

서수리는 장평을 귀빈실로 이끌었다.

미리 준비했는지 안개처럼 진한 향기들이 맴돌고 있었다.

서수리는 장평을 침대에 앉혔다. 그리고 그의 허벅지에 올라탄 채, 장평의 목에 두 팔을 감았다.

가는 목에서 목덜미로 이어지는 선은 고혹적이고 우아했으며, 단단한 대흉근에 닿는 여인의 유방은 부드럽게 이지러지며 매혹적인 감촉을 제공했다.

하지만 제일 자극적인 것은 허벅지. 허벅지 위로 느껴지는 서수리의 엉덩이는 늘 그렇듯이 탄력과 부드러움과 무게감이 뒤섞여 사내의 몸을 빨아들이고 있었다.

서수리는 속삭였다.

"자, 그럼……."

그녀의 숨결에는 젊은 여인만이 낼 수 있는 달콤한 향

기가 녹아들어 있었다.

"이제 조사 결과를 말해 주세요. 조헌에게 의심스러운 점이 있었나요?"

"그 전에 대답해 줘야 할 것이 있다."

"그게 뭐죠?"

장평은 서수리의 가는 허리에 단단한 팔을 감으며 말했다.

"너는, 아니, 청소반은 왜 마교도를 구분하는 비법을 빼내려 했지?"

가슴이 닿아 있기에 알 수 있었다. 장평의 심장이 차갑고 차분하다는 사실을.

서수리는 깨달았다.

장평은 여체를 품으러 온 사내가 아닌, 음모를 파악한 첩보원으로서 이곳에 왔다는 것을.

"내게 미인계를 걸면서까지?"

장신구 상인이 경고했던 그대로.

* * *

별운궁(瞥雲宮).

황궁의 서면에 인접한 황실의 별궁이었다.

그러나 황궁에 직접 붙어 있는 입지치고는 작고 조용한

곳이었다.

당연하다면 당연한 일이었다.

백주의 태양 아래에서는 황궁의 그림자에 뒤덮이고, 밤이 되어도 불을 밝히는 일이 드물기 때문이었다.

황궁의 그늘에 지어진 별운궁은 황제의 그림자를 위한 장소이기 때문이었다.

그 때문에 별운궁은 공식적인 명칭으로 불리는 일조차 드물었다.

별운궁에서 벌어지는 일 중 사서에 남을 일은 없기에, 사람들의 입과 귀는 궁 그 자체를 담지 않았다.

주렴 너머, 담벼락 너머에 드리운 궁주(宮主)의 그림자만이 궁중을 떠돌 뿐이었다.

제국으로는 다행스럽게도, 그녀에겐 불행하게도 여자로 태어났기에 황제의 그림자가 된 여자.

미소궁의 미소공주. 소면백화 용선.

그리고 미소궁의 어느 연못에는 한 그림자가 드리워져 있었다.

만약 사내로 태어났다면 금상 용균과 함께 제위 계승을 놓고 다투었을 최고위 황족의 그림자가.

"주군(主君)의 염려대로였습니다."

장신구 상인은 연못을 등진 여자, 미소공주를 향해 말했다.

"동창의 백화요원(白花僚員) 서수리는 장평에게 미인계를 걸고 있었습니다."

"동창의 짓이야? 아니면 청소반?"

잠시 침묵이 있었다.

평생을 보필해 온 장신구 상인이 아니었다면 눈치채지 못할 정도의 짧은 번민이.

"그것도 아니면 서수리 개인의 독자 행동?"

장신구 상인은 주저 없이 말했다.

"청소반의 소행으로 생각됩니다."

* * *

서수리의 몸은 밀착해 있었다.

피할 곳은커녕 빈틈조차 없을 정도로.

장평은 그녀의 심장박동, 호흡, 긴장도에 이르기까지 모든 신체 반응을 느꼈다.

집요하고 예리한 장평의 집중력은 서수리의 몸 전체를 촉진(觸診)하고 있었다.

어떤 종류의 반응이건 놓치지 않는, 검고 불길한 맹수가 몸을 핥는 것과 같은 촉감이었다.

"……."

장평의 침묵은 짧았으나 묵직했다.

농밀한 정적 속에서 서수리는 자신의 심장이 뛰는 소리
를 들었다.

그 긴장감은 고문과도 같았다.

앞으로 벌어질지도 모르는 일에 대한 상상력으로 스스
로를 후벼 파는 고문.

"내가 두렵나?"

장평이 무미건조한 목소리로 말했을 때, 서수리는 고마
움을 느낄 정도였다.

"예."

"왜?"

"왜 이러는지 모르겠어서요."

"모른다고?"

장평은 뒤로 물러났다. 그는 서수리의 턱을 손가락 끝
으로 들어 올리고, 얼음송곳처럼 차갑고 예리한 눈빛으
로 서수리를 바라보았다.

"청소반의 이번 임무는 날 노린 것이었다."

장평의 판단력과 집중력은 칼끝처럼 예리하게 벼려져
있었다. 흉기가 목에 들어왔을 때처럼 마주하는 것만으
로도 상대방을 불안하게 만들 정도였다.

"조헌은 마교도가 아니고, 마교와는 아무 관련이 없다.
그리고 최소한 동창이나 청소반은 그 사실을 잘 알고 있
었다."

그리고 흉기는 서수리의 목덜미를 긁어 내려가고 있었다. 언제라도 찌를 수 있는 상태로.

"하지만 나는 너희들의 뜻대로 움직였다. 크게는 청소반의 공작에, 작게는 네 미인계에 속아 넘어갔지. 그 이유가 뭔지 아나?"

"청소반의 공작이라니, 무슨 말을 하는지 모르겠어요."

"그래. 그건 확실한 모양이군."

장평의 칼끝 같은 시선이 서수리의 눈동자를 겨누고 있었다.

"네가 모른다는 것은."

그리고 장평은 출수했다.

파앙!

파공음과 함께 주먹이 날아들었고, 서수리는 질끈 눈을 감았다.

후웅!

강맹한 바람이 서수리의 머리카락을 흩날렸다.

그러나 그 철권은 서수리를 노린 것이 아니었다. 그녀의 얼굴 옆 허공을 스쳐 지나가 벽면을 꿰뚫은 것이었다.

덥석.

벽면 너머의 무언가를 움켜쥔 장평이 손을 잡아당기자, 얇은 목벽을 부수며 한 사람이 끌려 나왔다.

콰직!

장평은 바닥을 나뒹구는 사내의 목 줄기를 발로 짓밟았
다.

"끅……."

장평은 사내 대신 서수리를 바라보았다.

"아는 사람인가?"

서수리는 사내를 힐끗 보고는 고개를 끄덕였다.

"동창의 요원이에요."

"동창인가, 청소반인가? 확실히 해라."

"청소반이에요."

"그런가."

장평은 서수리에게 물었다.

"옆 건물에 있는 두 일류 무사도 청소반인가?"

"아니에요."

장평은 발에 힘을 주며 물었다.

"네 대답은?"

"무, 무림인을 고용했습니다. 적당한 핑계를 대서요."

대답을 들은 서수리의 속눈썹이 흔들렸다.

"……!"

장평은 서수리를 바라보았다.

〈네가 동창과 관련해서 어떠한 결단을 내려야 하는 상
황이 된다면, 결단하기 전에 이 말을 떠올려라.〉

의심이 확신으로 변하는 것과 함께.

〈그것이 정말로 네가 바라던 일이 맞는지를.〉

너무 늦기 전에 그를 멈춰 준 공주의 말을 떠올리면서.

"……흥."

장평은 발밑에 깔린 사내를 밀어 찼다. 데굴데굴 구른 그는 문 앞에 멈췄다.

사내는 장평의 눈치를 살폈고, 그가 아무 반응을 보이지 않는다는 것에 안도했다.

살려 주는 것이었다. 축객령을 겸해서.

사내는 허겁지겁 도망쳤다.

멀어지는 그의 발소리 속에서 장평은 무표정한 얼굴로 말했다.

"상황 정리가 되었나?"

"……예."

서수리는 허탈한 미소를 지었다.

"이번 작전은 이중 작전이었던 거군요."

장평의 '무표정'과 비슷한, 동요를 감추기 위해 훈련된 표정이었다.

"대협을 속이기 위해, 저까지 속이는."

* * *

"장평을 속이기 위해서는 서수리부터 속여야 합니다."

장신구 상인이 말했다.

"장평은 거짓말에 속아 넘어갈 사람이 아닙니다. 안 그래도 뻬어난 안목에 절정고수의 감각을 갖추고 있으니, 쉬이 속일 수 없지요."

"무슨 의미지?"

미소공주의 질문에 장신구 상인은 대답했다.

"서수리는 장평에게 거짓말을 할 수 없을 거라는 겁니다. 지금처럼 몸과 몸이 닿을 정도로 밀착한 상태에서는 더욱더요."

"하지만 속였잖아?"

"그녀는 진실만을 말했습니다. 그저, 그녀가 알고 있는 진실이란 것이 청소반이 설계한 거짓 정보라는 점이지요."

"흔한 수법이군."

"궁 내에서는 흔한 수법이죠. 하지만 궁 밖의 사람인 장평에게는 낯설 겁니다."

장신구 상인은 말했다.

"정보가 아닌, 감정을 조종하는 첩보전은요."

* * *

"난 너를 좋아한다, 서수리."

장평은 냉정히 말했다.

"모용세가에서 너는 내게 든든한 아군이었지. 요녕에서는 내 뒤틀림을 풀어 준 고마운 여자였지."

"……그리고 청소반은 대협이 제게 호감을 느낄 것을 계산했군요."

"그래."

되짚어 보면, 장평은 늘 서수리에게 호의적이었다. 그녀는 대놓고 의뭉스럽게 굴었지만 장평은 웃어넘기고 말았다.

있을 수 없는 일이었다.

모든 사람의 모든 언행을 경계하고 의심하는 장평이었기에 더욱 그러했다.

"나는 너를 좋아했었다."

장평의 냉정한 말은 쓸쓸하게 들려왔다.

"그리고 그 점을 이용당한 것 같군."

"예. 동창의 특기죠."

서수리는 텅 빈 미소로 장평을 바라보았다.

"구중궁궐은 괴물들의 전쟁터예요. 천하에서 가장 현달한 이들이 모여 오직 지혜와 술수만으로 상대방을 제압해야 하는 전장이죠."

제아무리 첩보원이라 해도 무림인들은 근본적으로 무인. 책략은 보조 수단일 뿐, 결국은 무력으로서 모든 것을 매듭짓는 자들이었다.

오직 술수만으로 승부해야 하는 조정의 고관대작들보다 교활할 수 없었다.

"동창의 요원들은 가장 교활한 사람들을 상대해야 해요. 지략을 겨뤄서는 결코 이길 수 없는 노회한 사람들을요."

"그래서 이성이 아닌 감정을 노리는 접근법을 만든 건가?"

"예."

"이런 미인계가 고관대작들에게도 먹히나?"

"먹혀요. 생각보다 훨씬 유용하죠."

서수리는 담담히 말했다.

"권력은 독특한 힘이에요. 모두가 추구하지만 정작 형체는 없는 힘이죠. 군인처럼 명령 체계가 명확한 경우라면 모를까, 권신(權臣)들의 권력은 측량이나 계측이 불가능한 경우가 많아요."

"무림명숙과 마찬가지로?"

"예."

직급을 따져 보면, 장평은 무림맹의 일개 과장에 불과했다. 그러나 장평의 명성은 드높았고 영향력은 거대했다. 무림맹주와 황제가 신뢰하고, 구파일방이 존중했다.

"미인계의 본질은 성욕이 아니에요. 권력을 자각시키

는 거지요. 젊은 미인이 늙어 빠진 노인에게 애정을 갈구하는 것을, 그의 호감을 얻기 위해 애걸하는 것을 직접 보여 주는 거지요. 권력이란 것이 얼마나 좋은 것인지를 자각하도록요."

장안에서 장평은 하오문주를 협박하길 주저하지 않았다.

그럴 수 있으니까.

그래도 되니까.

그러고 싶었으니까.

그것이 장평의 영향력이자 권력이었다.

"그리고 그 권력에 중독되도록 유도하는 거예요."

장평은 권력자였고, 동창은 권력자의 약점을 찌르는 법을 잘 알았다.

"그들의 귓가에 달콤한 말을 속삭이고, 자신의 영향력을 사치와 쾌락 따위로 허비하게 만들죠. 결국 그들이 이성과 판단력을 잃고 파멸할 때까지요."

"네가 내 귀에 속삭였듯이?"

"전 장평 대협을 좋아해요. 청소반이 무얼 꾸몄건 저와는 상관없는 일이에요."

서수리는 간절한 눈빛으로 말했다.

"제가 거짓말을 하는 것이 아니란 걸 누구보다 잘 알고 있잖아요."

"안다."

장평은 나직이 말했다.

"그리고 네 마음이야말로 청소반의 진짜 흉기였다는 것도 알고 있지."

"그렇군요……."

장평은 무표정한 얼굴을, 그리고 서수리는 허탈한 미소를 지었다.

첩보원으로서 그들의 가면은 흠잡을 곳이 없었다. 한 조각의 감정도 흘리지 않을 정도로.

그리고 그 사실이 서수리를 서글프게 만들었다.

얼마 전까지 보았던 솔직했던 얼굴들이 떠올랐다.

육욕에 이끌리던 얼굴. 편안함 속에서 서로의 체온을 느끼던 얼굴. 그리고 무엇보다도 서로의 말을 의심 없이 듣고 있던 얼굴들이.

서수리는 깨달았다.

이제 다시는 그 얼굴을 볼 수 없다는 사실을. 아무런 경계와 의심 없이 속내와 속살을 마주하던 시절은 다시는 돌아오지 않을 것임을. 절대로.

그녀는 체념 섞인 목소리로 말했다.

"그럼 우린…… 끝이로군요."

"아직 끝은 아니다."

"우리 사이에 뭐가 남았나요?"

"너와 나의 일은 끝났다. 하지만 나는 아직 계산해야할 일이 남아 있다. 나를 속여서 중요한 기밀을 빼내려 했던……."

장평은 차분히 말했다.

"……청소반이 치러야 할 대가가."

　　　*　*　*

"만약 장평이 이 함정을 뚫고 나온다면."

미소공주는 넌지시 물었다.

"장평이 서수리를 죽일 거라고 생각해?"

"아닐 겁니다. 책임을 묻는다 해도 청소반에게 책임을 묻겠지요."

"그래. 그렇겠지."

이번 공작에 있어 서수리는 도구였다. 비록 그녀가 장평을 찌른 단검이긴 했지만, 어디까지나 도구에 불과했다. 그러니 장평은 서수리가 아닌 청소반에 책임을 물을 것이었……

'……?'

미소공주는 그 순간, 미묘한 동요를 느꼈다. 그리고 자신이 동요를 느꼈다는 사실에 불쾌감을 느꼈다.

그녀는 나직이 물었다.

"그럼 청소반의 목적은 뭐였을까?"

"아마도 마교의 교리에 대한 역설계였을 겁니다."

"역설계라……."

미소공주는 납득했다.

"장평이 조사하는 분야와 방법을 되짚어서 마교의 교리를 유추하려는 거구나."

"예."

"왜 하필 장평이었지? 청소반은 왜 무림에서 가장 위험한 남자를 고른 거지?"

"현시점에서 마교의 교리를 정확히 이해하는 사람은 많지 않습니다. 주군과 남궁연연, 그리고 백리흠과 장평 정도지요. 나머지는 어림짐작에 불과합니다. 그렇다면 결국……."

미소공주는 이해했다.

"……장평밖에 없군."

남궁연연은 고서각 밖으로 나가는 일이 드물었고, 칩거 중인 백리흠에게는 감시가 붙어 있었다. 그리고 미소공주는 상관임과 동시에 동창의 방식을 잘 알고 있었다.

결국 접촉할 수 있는 것은 장평밖에 없었다. 좋건 싫건 장평을 뚫을 수밖에 없었던 것이다.

"그럼 청소반은 이제 대가를 치러야겠네."

실패의 대가를 치를 때였다.

배신과 실연을 동시에 겪은 사내.

파사현성 장평의 분노를 마주할 때가.

* * *

"너희 청소반은 마교의 교리를 역설계 하려 했다. 나와 미소공주가 굳이 감추는 것을 함정까지 파며 확보하려 했다."

장평은 차가운 눈으로 물었다.

"이유를 말해라. 크게는 첩보 기관의 지휘 체계를, 작게는 나를 속이려 한 이유를."

"그건⋯⋯."

"신중히 말할 것을 추천한다."

장평은 냉정히 말했다.

"많은 이의 목숨이 달린 대답이니까."

식언도, 허언도 아니었다.

장평은 필요한 만큼의, 그리고 원하는 만큼의 보복을 할 것이었다.

지금의 질문은 보복의 범위를 정하기 위함이었다.

"청소반은 대체 뭐지?"

"동창 내부의 비밀결사예요."

전에도 나눴던 문답이었다.

그러나 차이가 있다면, 지금의 장평은 좀 더 추궁할 생
각이라는 점이었다.

　"무얼 위한 비밀결사?"

　"제국을 위한 비밀결사요. 황제도, 조정도 아닌 제국
그 자체를 위해 일하는 곳이에요."

　서수리는 텅 빈 미소로 장평을 바라보았다.

　"우리 백화원의 아이들. 태어난 적 없는 무적자(無籍
者)들이 유일하게 선택할 수 있는…… 마지막 도피처요."

回返武士

5장

5장

미소공주는 연못을 바라보며 말했다.

"네가 백화원을 떠난 지 몇 년째지?"

장신구 상인은 차분히 말했다.

"다섯 해가 지났습니다."

"백화원은 어떤 곳이었어?"

"집처럼 아늑한 곳이었다고는 못 하겠군요."

백화원은 보육 기관이자 교육기관이었다. 황궁 내부에서 불상사로 '태어나 버린' 아이들을 모아서 비밀리에 양육하는 곳.

"그곳은 저희들을 훈련하는 곳이었죠. 사고방식을 틀에 가두는 곳이기도 하고요."

그와 동시에, 백화원은 훈련 기관이기도 했다. 동창이 지닌 최고의 자원, 무적자를 훈련하는 기관. 태어나 성장하는 모든 기간 동안 철두철미하게 통제할 수 있는 환경을 조성하고 있었다.

"충의 그 자체를 삶의 근본으로 삼는 충견으로서 자라나도록이요."

"충의인가."

미소공주는 눈을 감고 옛 기억을 떠올렸다.

미소공주라는 애칭이 소면백화라는 자(字)보다 익숙해질 무렵, 아무런 감정도 담겨 있지 않은 눈빛의 소년을 마주했던 날을.

〈이 아이는 이제 마마의 것입니다. 몸과 마음을 다해 마마를 보필할 것입니다.〉

백화원의 환관은 망아지를 배달하는 마부처럼 말했다.

〈그렇게 길들여졌으니까요.〉

길들여졌다.

사람에게 붙이기엔 어색한 말이었다.

그러나 그 말이 글자 그대로의 진실이라는 것을 깨달은 것은 몇 달이 지난 뒤였다.

희귀한 진상품을 구경하러 갔을 때였다.

〈이 짐승은 코끼리라고 합니다.〉

수컷치고도 거대하고 늠름한 코끼리였다. 그 코끼리는

우리에 갇혀 있었고, 굵은 밧줄이 목에 감겨 있었다.

그러나 정작 그 밧줄이 묶인 것은 그저 평범한 나무 말뚝이었다. 우리 또한 평범한 나무 울타리에 불과했고.

미소공주는 코끼리보다도, 코끼리가 저런 허술한 곳에 묶여 있다는 사실에 놀랐다.

〈저 코끼리는 왜 도망치지 않느냐?〉

사육사에게 질문했을 때, 미소공주는 다른 대답을 예상했었다.

사육사를 좋아해서라든가, 질 좋은 먹이와 잘 곳을 제공해 줘서라든가, 하다못해 몸이 불편해서 도망치지 못하는 것이라 생각했었다.

〈새끼 시절에 경험했기 때문입니다. 아무리 애를 써도 사슬을 끊지도, 우리를 뚫지도 못한다는 사실을요.〉

〈지금은 새끼가 아니지 않느냐.〉

예상 밖의 답을 이해하지 못한 것은 그 때문이었다.

〈새끼 시절의 경험 때문에 상상하지 못하는 겁니다. 지금의 자신에게는 사슬을 끊고 우리를 부술 힘이 있다는 사실을요.〉

저 거대한 코끼리조차도 새끼 코끼리 시절에 새겨진 각인에서 벗어나지 못한 것이었다.

길들여진다는 것은 그런 것이었다.

미소공주는 자신의 곁에 서 있는 소년을 바라보았다.

그리고 마침내 이해했다.

소년은 자신을 거스르지 않는 것이 아니라, 거스를 수 없다는 것을. 충성(忠誠)하는 것이 아니라, 복종(服從)하는 것이라는 것을.

그렇게 길들여졌으니까.

* * *

서수리는 읊조렸다.

"제국의 심장은 황궁이고."

조정의 당상관은 가장 현명한 자들이 모이는 곳이고, 황궁의 후궁은 간교하지 않으면 살아남을 수 없는 곳이었다.

"황궁에는 가장 교활한 사람들이 모이죠."

평범한 첩보원들이 흑백이 뒤섞인 회색의 세상에서 살아간다면, 구중궁궐은 총천연색이 뒤섞인 혼돈 그 자체였다.

권신(權臣)과 명신(名臣)의 경계도, 능신(能臣)과 간신(奸臣)의 경계도, 심지어 충신과 역신의 경계선조차 애매모호했다.

황궁은 아무것도 믿을 수 없는 곳이었다.

스스로 내린 결정마저도.

"황궁에서 살아남으려면 교활해야 해요. 하지만 황궁에 풀어 두려면 충성스러워야 해요."

그렇기에 황제에겐 필요했다.

수준 높은 궁정 암투를 견딜 수 있는 교활함과 그럼에도 불구하고 흔들리지 않는 충성심을 겸비한 첩보원을.

"교활한 충신이라. 모순적인 인간상이로군."

"하지만 필요하죠."

"필요하다면 만들 수도 있겠군."

"필요했으니 만들었죠."

서수리는 표정 없는 얼굴로 말했다.

"자아(自我)보다 먼저 충성(忠誠)을 각인시킨, 결코 배신할 수 없는 첩보원들을요."

"그게 너인가?"

"예. 우리들. 백화원의 아이들이죠."

장평은 가슴속에서 스멀스멀 올라오는 감정에 뚜껑을 덮어 두었다.

아직은 아니었다.

문답은 끝나지 않았으니까.

"그럼 청소반은 대체 뭐지?"

"우리 백화 요원들은 명령을 거스를 수 없어요. 하지만 우리조차도 실망할 수는 있지요."

"어차피 길들일 거라면 아예 실망감도 느끼지 않게 길

들일 수는 없나?"

"있어요."

서수리는 장평을 바라보았다.

"장평 대협도 자주 본 사람들이요."

"……호룡단."

황제와 미소공주의 주변에서 본 절정고수급 호위 무사들.

첫 입궐 때를 생각해 보면, 이상한 일이었다.

무림인의 입궁을 그토록 경계하면서 정작 주변에는 언제든지 자신의 목을 딸 수 있는 절정고수들을 배치하다니?

그 정도로 충성스러운 절정고수들을 겨우 호위 무사로만 사용하다니?

두 의문이 동시에 풀리는 순간이었다.

그렇게 만든 존재였기에, 그게 한계였던 것이다.

"그들은 우리보다도 자아가 옅은 존재들이죠. 호위 무사의 일은 단순하고 분명하니까요."

세계관은 자아의 정수. 세계관 없이 강해질 수 있는 한계가 절정고수였기 때문에.

"하지만 첩보원의 일은 복잡하죠. 교활함과 섬세함, 그리고 무엇보다도 상상력이 필요하죠."

"상대적으로 자아가 진하다는 건가?"

"필요한 만큼만요."

서수리의 미소가 점점 뒤틀리기 시작했다.

"하지만 우리도 사람이에요. 실망할 수도, 지칠 수도 있을 만큼은 사람이에요. 황궁이라는 가혹한 환경 속에서 우리들의 열정과 충성심은 빠르게 마모되지요. 시간이 얼마나 걸리느냐는 다르지만……."

"너희에게 명령을 내리는 사람들도 결국 사람일 뿐이라는 사실도 깨닫게 되는 거로군."

"예. 그리고 실망하게 되죠."

그녀는 어느새 이를 악물고 있었다.

"왕도를 말하면서도 우릴 부리는 위선적인 황제에게도, 충성을 말하면서도 권모술수가 난무하는 대신들에게도, 우리들을 소모품으로 다루는 동창에게도, 심지어 애매모호한 '천자'라는 권위에 통치당하는 무지한 백성들에게도 실망하게 되는 거죠."

부서진 톱니가 공회전하는 것처럼, 분노가 되려는 감정이 뭉쳐져 분노가 되기 전에 흩어져 버렸다.

서수리의 얼굴은 일그러지고 가라앉기를 반복하고 있었다.

장평은 그제야 깨달았다.

'실망까지만 할 수 있구나.'

길들여졌다는 의미를.

'실망 이상의 감정까지는 품을 수조차 없는 거구나.'

주인에게 흠씬 두들겨 맞고도 꼬리를 흔드는 충견처럼, 분노하고 반발하는 것 자체가 불가능하다는 것을.

수많은 말보다도 흔들리는 저 얼굴이 설명해 주고 있었다.

"은퇴나 보직 변경은?"

"불가능해요."

서수리는 차분한 얼굴로 말했다.

"궁내의 대소사는 모두가 기밀이죠. 평범한 동창 요원들도 퇴직하기 힘들어요. 하물며 우리들 백화 요원은 존재 자체가 기밀이에요."

"그렇겠군."

장평은 나직이 물었다.

"그럼 청소반은 뭐지?"

"주군을 찾지 못한 백화 요원들이 모인 집단이에요. 황제 개인이 아닌, 제국이란 체계에 충성하는 동창 내부의 조직이죠."

"편법처럼 들리는군."

"충성의 대상을 자의적으로 정했으니, 우리가 할 수 있는 최대한의 반항이긴 하죠."

장평은 생각에 잠겼다.

서수리는 심호흡을 했다.

"자, 그럼 이제 어떻게 할 건가요?"

전해야 할 정보는 모두 말했다. 남은 것은 장평의 결정뿐이었다.

"절 죽일 건가요?"

"아니오."

서수리는 장평의 말투가 바뀌었다는 것을 놓치지 않았다.

"이번 작전에서 서 소저는 도구에 불과했소. 죽일 필요도, 죽일 생각도 없소."

"그럼⋯⋯?"

일말의 희망을 품은 서수리에게 장평은 냉정히 말했다.

"이 작전을 세운 사람이 그 책임을 면할 수 없듯이."

"⋯⋯장평 대협."

"이 작전의 책임자에게 전하시오. 날 적으로 돌리고 싶지 않다면 자결하라고."

서수리는 간절한 눈빛으로 말했다.

"하지 않는다면요?"

"날 적으로 돌리게 될 거요."

"그러지 말아요."

"나는 결정했고 말했소."

장평은 차분한, 어쩌면 호의나 동정으로 착각할 수도

있는 표정으로 말했다.

"내 말을 가지고 가시오. 결정해야 하는 사람이 이 일을 마무리 짓도록."

"다른 방법은 없나요?"

"있소. 하지만 이걸로 만족하는 편이 나을 거요. 이보다 관대한 결말은 없으니."

장평은 자리에서 일어났다.

"우리가 다시 볼 일이 없기를 빌겠소."

"만약."

서수리는 메마른 얼굴로 물었다.

"만약에 우리가 좀 더 가까워졌다면…… 뭔가가 바뀌었을까요?"

"그럴지도 모르겠소."

장평은 솔직히 인정했다.

"하지만 하지 않았잖소."

"이게 최선이었어요."

서수리는 흔들리는 눈동자로 말했다.

"제게 허락된 최선이었다고요."

장평은 흠칫 놀라며 서수리를 바라보았다.

'설마……?'

한 가지 가능성이 머리를 스쳤기 때문이었다.

"날 사랑한다고 말해 보시오."

"사랑해요, 장평."

서수리는 애처로운 목소리로 말했다.

"당신을 사랑해요."

거짓말이었다.

그리고 그 사실이 장평의 등줄기를 차갑게 만들었다.

"……사랑조차도 빼앗겼소?"

사랑은 가장 격렬한 감정이었다. 가장 신중한 사람조차
도 어리석은 짓을 하게 만드는 돌발적인 감정이었다.

충성심을 자아에 새겨 놓은 자들이 사랑처럼 위험한 감
정을 허락할까?

"예."

서수리는 대답했다.

"저는…… 제국을 사랑해요."

두 줄기의 눈물이 흘러내렸다.

텅 빈 미소 위로.

*　*　*

"외박이 길었군."

장평이 무림맹에 돌아왔을 때, 그를 기다리던 것은 용
태계였다.

장평은 지친 표정으로 고개를 끄덕였다.

"예정에 없던 일이 많았습니다."

"조헌이 죽었다며?"

"인연이 있으셨습니까?"

"황태자 시절에 내 얼굴 그려 줬었지."

용태계는 복잡한 표정으로 말했다.

"재기발랄한 사람이었는데, 직책에 화풍을 맞추더군. 안타까운 일이었지."

"그랬죠. 하지만 그는 결국 자신의 그림을 그렸습니다."

"유작을 남겼나?"

"그리긴 했지만, 남기지는 못했습니다."

"그런가……."

용태계는 아련한 미소를 지었다.

"그는 만족했겠군. 그렇지?"

"예."

"서수리와는 달리 말이야."

장평은 용태계를 바라보았다.

"백화 요원에 대해 알고 계셨습니까?"

"황태자였으니까."

"가지고 계십니까?"

"그래."

그는 담담한 목소리로 말했다.

"내가 황태자를 그만둘 때, 내가 받은 백화 요원에게 자유를 주었지. 나는 더 이상 황태자가 아니니 너도 네 마음대로 살라고."

"자유를 명령받은 백화 요원이라. 흥미롭군요. 그는 어떤 식으로 반응했습니까?"

"개방의 요직을 차지한 뒤에 날 찾아오더군. 무림맹주인 날 보필하겠다면서."

장평은 깨달았다.

"맹목개?"

"그래."

용태계는 담담한 목소리로 말했다.

"그는 아직도 나를 주군이라고 부른다네. 벌써 수십 년 전부터 형이라고 부르라고 부탁했는데도 불구하고."

"모순이군요."

"한계이기도 하지."

용태계는 한숨을 내쉬었다.

"천자라는 것은, 황제라는 것은 참 무력한 존재일세. 신하들이 다른 마음을 갖는 것을 막을 수 없지만, 자아를 거세당한 자에게 자아를 돌려줄 수도 없으니까."

"그래서 제위를 거절하신 겁니까?"

"여러 이유 중 하나였지."

용태계는 장평을 바라보았다.

"하지만 제위를 거절할 때 백화 요원을 떠올렸던 것도 사실이지."

"제국은 참으로 뒤틀린 곳이로군요."

"그래, 그렇지."

용태계는 장평의 어깨에 손을 얹었다.

"서수리의 일은 미안하게 됐네. 청소반은…… 우리들도 예상할 수 없는 판단을 자주 하기 마련이거든. 내 단단히 경고해 두겠네."

"책임자를 처벌하는 것으로 충분합니다. 그 대신 분명하게 전해 주십시오."

"뭘?"

"마교의 교리를 멀리하라고요. 다른 이들에게도 위험하지만, 사고에 결락(缺落)이 생긴 그들은 특히 취약하고 특히 위험합니다."

"전해 주지."

용태계는 손을 뗐다.

"혹시 서수리에게 전해 줄 말은 없나?"

"가능하면 다시 보지 말자고 해 주십시오."

그 순간, 장평의 머릿속에 한 장면이 스치고 지나갔다. 침상 위 장평의 품속에서 잠들어 있던 서수리의 모습이.

"적어도 누군가를 사랑할 수 있을 때까지는요."

                    *   *   *

촛불이 흔들리고 있었다.

황궁의 정중앙. 황제의 알현실이 위치한 그곳의 지하에는 여러 번의 갈림길을 거친 뒤에야 도착할 수 있는 공동(空洞)이 존재했다.

그 공동을 비추는 것은 단 하나의 촛불뿐.

그렇기에 그 공동의 넓이도, 깊이도 가늠할 수 없었다.

그저 촛불이 밝힐 수 있는 범위보다 높고 넓다는 것만을 알 수 있을 뿐이었다.

촛불을 든 것은 늙은 환관이었다.

나이를 알아보기 힘든 주름진 얼굴은 촛불의 희미한 빛 앞에서는 가면처럼 보였다.

잔혹하고, 음험하고, 무엇보다도…… 지친 인상의 가면.

그리고 그 환관의 등 뒤에는 하나의 사당이 세워져 있었다. 세월을 이기지 못한, 오래되고 여기저기 망가진 사당. 동시에 그 사당은 세월을 거슬러 보려고 노력한 이들의 손때가 모든 곳에 묻어 있었다.

"……."

저 멀리서 촛불 하나가 다가오고 있었다.

노인은 침묵하며 기다렸다.

마침내 촛불의 주인이 자신의 앞에 설 때까지.

"서수리."

"반장님."

노인과 서수리 모두 어떠한 감정도 드러내지 않은 얼굴로 서로를 바라보았다.

"황백부께서 청소반에 전언을 보내셨다. 마교의 교리는 청소반에 극히 유해하니, 접근하지 말라 말씀하셨다."

"명령인가요?"

"조언이다."

"따르실 건가요?"

노인은 대답하지 않았다.

"장평의 요구 조건은?"

"이번 작전의 책임자에게 자결하라고 하더군요."

서수리는 잠시 침묵하다 말했다.

"거절하세요."

"우린 그를 속이려 했고, 실패했다. 합리적인 제안이다."

"우린 비밀결사예요. 책임자가 죽었다고 말하면 확인할 수 없을 거예요."

"감출 수 없다."

노인은 담담히 말했다.

"그는 장평이니까."

장평은 제국이 가진 무림 최고의 자원이었다. 마교라는 공동의 적을 둔 이상 그와 제국은 협력하고 공조해야 했다.

한 번 속이는 것도 어렵지만, 영원히 속이는 것은 불가능한 자였다.

이미 청소반의 존재를 알고 있다면 더욱더.

"그는 복수를 원하는 것이 아니다. 청소반이 장평에게 진 부채를 청산하고 관계를 재설정하길 원하는 것이다. 받아들여야 하고, 받아들이지 않을 이유가 없다."

"제국을 위해서요?"

"그래."

"누굴 죽이실 건가요?"

"나."

노인은 담담히 말했다.

"내가 세운 계획이니, 내가 책임을 지는 것이 맞다."

"이 계획의 관계자는 많잖아요. 다른 사람이라도 상관없잖아요."

"맞다. 하지만 양보하고 싶지 않다."

노인은 차분히 말했다.

"간신히 얻은 '죽을 기회'를 다른 사람에게 빼앗기고 싶지 않다."

남녀노소를 불구하고 그들은 모두 백화 요원. 백화 요

원들의 삶이 제국의 것이라면, 죽음은 더더욱 제국의 것이었다.

삶을 정할 권리조차 없는 자가 어찌 허락 없이 죽을 수 있겠는가?

그들은 오직 국익을 위해서만 죽을 수 있었고, 그렇기에 노인은 기쁘게 장평의 제안을 받아들였다.

"⋯⋯설마."

그 순간, 서수리는 노인을 바라보았다.

"설마, 이런 결과를 예상하고 작전을 짜신 건가요?"

작전에 성공한다면, 장평이 마교도의 구분법과 조헌이 마교도가 아닌 근거를 가르쳐 준다면, 마교의 교리를 역설계할 수 있을 것이다.

그리고 마교의 교리라는 정보 자산을 확보하게 되면 많은 것이 바뀐다.

마교도를 막아 내는 것은 물론, 대항 논리를 만들어 낼 수 있었다. 그리고 무엇보다도 마교도로 위장하거나 악용할 수도 있었다.

얻는 것은 무궁무진했다.

"장평이 복수할 것을 예상하고요?"

하지만 장평은 오랫동안 속일 수 있는 자가 아니었다.

백화 요원과 청소반에 대해 모른다는 약점을 찔러도, 그에게 호감을 가진 서수리가 미인계를 펼쳐도 언젠가는 모든 것을 파악할 것이다.

실패한 지금에도 책임자의 처벌을 요구하고 있었다.

"그의 손에 죽기 위해서 이번 작전을 짰던 건가요?"

만약 이번 작전에 성공했다면, 과격한 수단을 써서라도 자신의 실수를 만회하려 들 것이다.

응보, 그리고 살인멸구로써.

"내게 내 목숨을 끊을 계획을 짤 권리는 없다."

노인은 희미한 미소를 지었다.

"그저 제국이 얻을 것과 잃을 것을 저울질했을 뿐이다."

결과적으로 제국에 이득이 된다면, 청소반원 몇몇 정도는 희생시킬 수 있었다.

반대로 말하자면, 청소반원은 제국에 이득이 되어야만 죽을 수 있다는 말이기도 했다.

"우리의 목숨은 제국의 안녕에 비하면 아무런 가치도 없으니까."

아니면, 제국을 위한 일을 하다가 실패하거나.

광기였다.

충성이라는 각인이 그들을 이런 광기로 몰아넣고 있었다.

서수리는 그 사실을 잘 알았다.

그렇기에 노인을 놓아주기로 했다.

서수리가 침묵하자, 노인은 나직이 말했다.

"동포들이여. 제국의 충신들이여. 내 죽음이 정당하다고 생각하는 이들은 불을 밝혀라."

깜빡.

깜빡. 깜빡. 깜빡⋯⋯.

순식간에 수백 개의 촛불이 사방을 훤히 밝혔다. 나이도, 성별도 다른 무표정한 얼굴 아래에서 촛불들이 빛나고 있었다.

서수리는 깨달았다.

"준비하고 있었군요."

"그래."

노인은 서수리를 보며 말했다.

"너는 준비되었나?"

"무엇을요?"

"청소반장이 될 준비가."

서수리는 고개를 저었다.

"제겐 저들을 통솔할 권위가 없어요."

"내가 물려주겠다."

"청소반장이 되고 싶지 않아요."

"모두가 그러하지."

"저는 미숙해요."

"상관없다."

서수리는 흔들리는 눈동자로 물었다.

"왜 저죠? 왜 하필 제게 청소반장을 맡기시려는 거죠?"

"너는 장평과 인연이 있다."

청소반장은 담담한 목소리로 말했다.

"제국에서 가장 위험한 사내. 장평과."

* * *

"장평은 양날의 칼과 같지."

미소공주는 연못을 바라보았다.

"우리 쪽에서는 그를 통제할 방법이 없으니까."

통제.

장평의 근본적인 문제는 바로 그것이었다.

재상에게는 당파가 있었다. 황족에게는 지위가 있었다. 백성들에게는 국법이 있었다.

심지어 무림인들이라 해도, 무림 내의 은원이나 인연, 아니면 하다못해 이해득실이나 신념이라도 있었다.

"우리는 그에게 줄 수 있는 것이 없고."

그러나 장평에겐 아무것도 없었다.

그에게 줄 수 있는 것도, 그에게서 빼앗을 것도 없었다.

"그는 빼앗길 것이 아무것도 없지."

미소공주는 장평의 직속상관이었다. 첩보원 장평은 미소공주의 지시를 받았다.

하지만 장평이 그녀의 지시를 거부한다면?

"그는 제국에 충성하지도, 충성할 필요도 없다."

무림인으로서 장평은 무림맹주 용태계의 수하였다. 용태계는 무인으로서 장평에게 많은 도움을 주었고, 개인으로서도 크나큰 호의를 보내고 있었다.

하지만 장평이 그의 부탁을 거절한다면?

"그저 제국이 일방적으로 그를 필요로 할 뿐이지."

지시. 부탁.

그것이 제국이 내세울 수 있는 최선책이었다. 그나마도 장평이 거부한다면 막을 도리도 없었고.

"죽음조차 두려워하지 않으니, 협박도 불가능하고."

그것은 근본적인 문제였다.

〈백면야차는 죽어야 한다.〉

장평은 마교의 적. 마교를 무찌르기 위해서라면 무슨 짓이건 벌일 수 있는 괴물이었다.

부귀영화도, 입신양명도, 심지어 자신의 생사조차 도외시하는 복수귀.

장평은 전심전력을 복수에 쏟아붓고 있으니, 그 무엇으로도 매수하거나 거래할 수 없었다.

그저 겨눌 수 있을 뿐.

불구대천의 대적인 마교를 상대해야 하는 자들. 무림과
제국의 입장에서 장평은 보검이었다.

"……우리도 장평을 경계해야 한다."

불구대천의 대적을 마주했을 때, 손아귀에서 놓지 말아
야 할 보검.

모든 적을 베어 넘길 보검은…….

"그가 우리를 적으로 돌리는 일이 일어나지 않도록."

* * *

노인은 담담히 말했다.

"서수리, 너는 장평과 인연이 있다."

"그 인연은 이미 이용하셨잖아요."

서수리는 흔들리는 눈동자로 말했다.

"저까지 속여 가며 이미 이용하셨잖아요. 절 다시 보고
싶지 않다는 경고까지 받았잖아요."

"그래."

노인은 말했다.

"그래서 더욱더 너여야 한다. 애증이나마 남은 네가 남
보다는 더 장평의 호의를 살 가능성이 높다."

"싫어요."

"싫다 해도 해야 한다."

노인은 미소를 지었다. 씁쓸함이 섞인 자조적인 미소를.

"제국을 위해서."

서수리는 느꼈다.

받아들여야 한다는 것을.

애국.

모든 감정이나 생각을 앞서는 본능이 거부할 수 없는 명령이라는 것을 납득해 버린 것이었다.

"청소반장이 되어라, 서수리. 내가 그랬듯이, 제국의 음지에서 더러운 곳들을 쓸고 닦아라. 언젠가 애국적인 죽음이 널 찾아올 날을 기다리면서."

"잔인하군요."

"잔인하지. 내 선대가 내게 행한 만큼."

노인은 고개를 들어 말했다.

"동포들이여. 제국의 충신들이여. 서수리가 청소반장의 자리에 오르는 것을 찬성하는 자는 촛불을 꺼라."

쉬익.

나지막한 바람 소리가 수없이 펼쳐졌고, 단 하나의 촛불을 제외한 모든 촛불이 꺼졌다.

유일하게 흔들리는 촛불을 보며, 노인은 말했다.

"네 지인인가?"

"예."

"명령이다. 꺼 달라고 부탁해라."

서수리는 말했다.

"촛불을 꺼요, 상생 언니."

훅.

마지막 촛불이 꺼졌다.

서수리의 마지막 희망과 함께.

노인은 서수리를 바라보았다.

"이제, 네가 청소반장이다."

"……예."

노인은 말했다.

"모두 물러가라. 계승 의식을 치를 것이다."

사람들이 움직이는 소리가 들렸다.

마침내 영원 같은 정적이 돌아오자, 노인은 몸을 돌려 사당을 바라보았다.

"이 사당을 아느냐?"

"모순의 사당. 청소반의 본거지죠."

"그래."

노인은 사당의 문에 손을 얹었다.

"태조께서는 황궁이 완성되기도 전에 이 사당을 만드셨다. 그리고 신임하는 환관에게 지시하셨지. 황제를 비롯한 그 어떤 '사람'도 이곳을 알지 못하도록 하고, 언제나 정갈히 청소하라고."

환관은 '사람'이 아니니 이곳을 알아도 되고, 이곳에 오는 환관은 청소를 해야 했다.

그것이 태조의 유명(遺命)이었으니까.

"태조께서 내리신 유명이니, 다른 황제들의 권위에 우선하지. 우리 백화 요원들은 명령 체계의 모순을 이용해서 청소반이라는 조직을 만들어 냈다. 여타의 명령 체계에서 이탈한 도피처를."

"예."

"너는 이 사당을 청소해야 한다. 모든 권위를 능가하는 태조의 유명만이 우리 청소반이 존재할 수 있는 근거니까."

"예."

"그리고 너는 여기에 묻힌 사람에 대해 비밀로 해야 한다. 그 또한 태조의 황명이니까."

"여기에 묻힌 사람이 누구인데요?"

모든 청소반원이 한 번쯤은 품었던 질문이었다. 그리고 모든 청소반원이 네가 알 필요 없는 일이라고 타박을 당했던 질문이기도 했고.

그러나 단 한 사람.

태조의 유명을 받드는 당사자인 청소반장은 알아야 했다.

노인은 문을 열고 사당 안쪽을 보여 주었다.

사당 안에 있는 것은 하나의 비석이었다.

아니, 좀 더 정확히 말하면 가묘(假墓)용의 묘비였다.
봉분은 없다 해도 황제의 예우를 갖춰 세운 묘비였다.

"이걸 태조께서 세우셨다고요?"

"그래."

"이 사람이 누군데요?"

"모른다. 하지만 중요하지 않다."

노인은 담담히 말했다.

"그저 쓸고 닦으며 향을 피워라. 그것만이 우리 동포들
에게 최소한의 자유나마 허락하리니."

서수리는 깨달았다.

그는 지금, 죽을 준비를 마쳤다는 것을.

"남기실 말은 없나요?"

"사당에 피가 튀지 않도록 조심해라."

"예."

노인이 뒤를 돈 채 무릎을 꿇자, 서수리는 단검을 꺼냈
다.

"서수리."

"예."

"네가 해방되기를 빌어 주마. 나와는 다른 결말을, 진
정한 의미의 자유를 쟁취하기를."

서수리는 노인의 목을 긋고, 편안히 바닥에 눕혔다.

"네가 누군가를…… 사랑할 수 있게 되길 빌어 주마……."

편안한 미소를 지은 노인을 보며, 서수리는 씁쓸한 표정을 지었다.

"그런 게 가능할 리가 없잖아요……."

서수리는 사당을 바라보았다.

결코 풀 수 없는 족쇄를 그나마 느슨하게 해 주는 유일한 장소를.

"후……."

저 멀리서 장평의 그림자가 어른거렸다.

적도 아군도 아닌, 그러나 적도 아군도 될 수 있는 제국 최대의 변수가.

도와 달라고 말하고 싶었다. 자유를 달라고 말하고 싶었다. 기적을 일으켜 달라고 말하고 싶었다.

〈다신 보지 말자.〉

무엇보다도, 그가 보고 싶었다.

〈네가 누군가를 사랑할 수 있을 때까지는.〉

결코 볼 수 없을 사람이.

삐걱.

서수리는 사당의 문을 닫았다.

무거운 좌절감과 함께.

     *   *   *

장평은 침상에 몸을 눕혔다.

피로했다. 몸도, 마음도.

휴식이 필요했다.

"후……."

산전수전을 다 겪은 장평이지만, 백화원은 끔찍한 곳이었다. 어린아이들을 길들여 백화 요원이라는 도구로 만들어 낸다니.

그것은 끔찍한 일이었다.

'차라리 마교가 낫지.'

퍼억!

장평은 가슴을 후려쳤다.

한순간이나마 마교에 공감하려 한 자신을 벌하기 위해서였다.

'백면야차는 죽어야 한다.'

마교에게 합리적인 면이 있다 해도, 제국에 뒤틀린 면이 있다 해도 장평과는 무관한 일이었다.

백면야차는 죽어야 했고, 마교는 멸해야 했다.

'비록 백화원이 아이들을 세뇌한다 해도…….'

그 순간, 장평은 눈을 떴다.

한 사람이 떠올랐기 때문이었다.

'백리영.'

백리영은 분명 백화원에서 자라고 있다고 했다.

'백화원은 동창의 기밀 시설이다.'

그렇다면 백화원에서 음악을 가르치는 상생 또한 백화요원. 최소한 동창의 요원이라고 봐야 했다.

등줄기가 차가워졌다.

'백리흠은 정말 우연히 사랑에 빠진 것일까?'

백리흠의 등 뒤에서 거미줄이 반짝거렸다. 백리흠 자신은 자각하지도 못한 음모의 거미줄이.

많은 것을 바꾸게 만드는 거미줄이었다.

'…….'

잠시 생각하던 장평은 마음을 굳혔다.

'설령 그가 아무 잘못 없는 피해자라 하더라도 상관없다.'

언제, 어디서건 중요한 것은 단 하나.

장평은 지그시 눈을 감았다.

'백면야차는 죽어야 한다.'

* * *

꿈을 꾸고 있었다.

꿈이라는 것을 알고 있는 자각몽.

꿈속의 그는 몸부림쳤다.

온몸이 쇠사슬에 휘감긴 채, 머나먼 어딘가를 바라보고 있었다.

'나는 나아가야 한다.'

사력을 다해 걸음을 내딛고 있었다.

'세상을 더 좋은 곳으로 만들어야 해.'

첫 걸음은 만근의 무게가, 두 번째 걸음은 억 근의 무게가, 세 번째의 걸음은 계측하는 것조차 불가능한 무게가 그를 끌어당기고 있었다.

'제국의 만백성들은, 중화의 만민들은 더 좋은 삶을 누려야 하니까.'

천지를 뒤집을 의지력과 함께 사내는 세 번째 걸음마저 딛었다.

하지만 끝은 오기 마련이었다.

모든 힘을 다하고 마음을 가다듬어도, 결국은 끝이 오고야 만다.

힘의 한계와 의지의 한계가.

사내는 잘 알고 있었다.

네 번째 걸음은 불가능하다는 것을.

그럼에도 불구하고 사내는 최대한 몸을 앞으로 내밀었다.

'나는, 세상을 이끌어야 해!'

사내는 어금니가 부서져라 힘을 주며 발을 들어 올렸다.

그리하여 네 번째 걸음을 내딛으려는 순간.

쾅창!

꿈은 더 이상 사내의 의지를 견디지 못하고 부서져 버렸다.

"헉…… 헉……."

지저분한 침상 위.

온몸이 땀에 젖은 사내는 한숨을 내쉬며 머리를 짚었다.

"아, 하필 이 꿈인가."

용혈무신 용태계는 한숨을 내쉬었다.

"마음의 준비를 해 둬야겠군."

꿈은 그에게 많은 것을 전해 주곤 했다.

우연인지, 아니면 입신지경에 오른 자로서 얻은 신통력인지는 알 수 없었다.

하지만 좋은 일이 있을 때는 길몽을 꾸었고, 지금처럼 악몽을 꿀 때는 나쁜 일이 벌어지곤 했다.

메마른 바람이 서쪽에서 불어오고 있었다.

"많은 사람이 고통을 겪을 모양이군."

최악의 악몽을 꾼 사내, 용태계는 먼 하늘을 바라보았다.

　　　　　＊　＊　＊

　청소반과의 공조는 최악의 형태로 끝이 났다. 자아를
거세당한 충신인 백화 요원들은 장평을 속여 마교에 대
한 정보를 빼내려 했고, 실패했다.

　그리고 장평은 그들에게 자신에게 공작을 건 책임을 물
어야만 했다.

　처음부터 끝까지 입안이 씁쓸해지는 사건이었다.

　〈저는…… 제국을 사랑해요.〉

　그때, 서수리가 보였던 표정은 잊기 힘든 것이었다.

　장평은 백화 요원들을 동정하지 않았다. 아니, 동정하
지 않으려고 노력했다.

　그들은 충분히 위험한 존재였다. 목줄에 묶여 있다는
점을 동정하기엔, 그 이빨과 발톱이 너무 예리했다.

　특히 예측할 수 없다는 점에서.

　'청소반을 경계해야 한다.'

　그들은 자신들의 특수함을 활용하는 법을 잘 알았다.

　'나라를 위한다는 명분만 갖춰지면, 무슨 일이든 할 수
있다.'

　이번 일만 해도 그러했다.

　마교의 교리를 알고 싶다는 목적도, 장평에게 미인계를
건다는 수단도 전혀 예상할 수 없었다.

'자기 자신조차 속일 수 있는 이들이기에 더 위험하다.'

청소반장. 장평을 속이려고 한 사람은 아마 자신이 보복당하게 될 것임을 알면서 벌인 작전이었으리라.

마교의 기밀을 빼내는 것에 성공하건 실패하건 장평은 곧 그 사실을 알게 될 터.

당연히 살인멸구를 할 수밖에 없었다.

'자살조차 불가능한 그들은 내 손을 빌려서라도 자살하려 들 것이다.'

그럼에도 불구하고 진행시켰다는 점에서, 그들은 정말 예측이 불가능한 존재들이었다.

'제국은…… 정말 잔혹하구나.'

신뢰할 수 있는 첩보원은 드물었다. 하지만 제국을 경영하려면 충성스러운 첩보원들이 필요했고, 필요하니까 만들었다.

그 합리성 너머로 장평은 제국의 심연을 볼 수 있었다.

'내게는 이득으로 끝났지만.'

그러나 청소반의 돌발 행동은 장평에게는 기연이라고 할 수 있었다.

죽음을 마주한 노화백 조헌은 장평의 조언 덕분에 새로운 경지를 보았다. 그리고 그가 남긴 유작은 장평에게 새로운 세계관을 보여 주었다.

보고 그리는 것이 화가의 본질.

조헌은 그 어떤 초월자보다 많은 것을 볼 수 있었고, 그 어떤 힘과 권세도 담겨 있지 않은 '현실'을 화폭 위에 그려 냈다.

장평은 '현실'을 보았고, 세상을 보았다.

그렇게 장평은 조헌이 남긴 심득, 현실의 세계관을 얻게 된 것이었다.

초절정고수로 향하는 첫걸음을.

* * *

그 이후, 무림에는 거짓말처럼 평온한 나날들이 이어졌다.

여력을 소실한 음모가들이 힘의 길항을 이룬 잠시간의 평화였다.

물론, 무림에서 평화라는 말은 아무 일도 없다는 말은 아니었다.

"마교의 동향은 어떻습니까?"

장평의 질문에, 미소공주는 차분히 말했다.

"첩보망을 재건하는 것에 집중하고 있다."

선대 필두 대마였던 혈조대마는 중원 전체에 마교의 첩보망을 짜 두었다. 대마두들이 중원 한복판을 자유롭게 드나들며 수작을 부리던 마교의 황금기였다.

그러나 혈조대마는 은거기인인 장대명과 환생자인 장평에 의해 그 누구도 예상치 못한 죽음을 맞이했고, 그가 평생을 들여 만든 중원의 첩보망은 청홍검객 이막연의 개인적인 원한과 일발역전을 노렸던 혼돈대마의 작전 실패로 인해 완전히 소모해 버렸다.

"사천과 청해 같은 외곽 지역부터 야금야금 먹어 들어오는 모양이더군."

"혼돈대마에게는 도박할 판돈이 남아 있지 않으니까요."

기책(奇策)이 특기인 혼돈대마였지만, 장평이라는 변수를 넘을 수는 없었다.

그녀의 특기가 기책이라는 것이 알려진 지금은 더욱더 그러했다.

결국, 마교는 다시 처음부터 시작해야 했다.

"하오문은 어떻습니까?"

"하오문은 여전하지. 수작을 부리고, 골칫거리들을 만들어 내지."

"하지만 통제는 가능하죠."

암흑가의 범죄자 연맹, 하오문.

그들은 오직 이해득실로만 연결된 느슨한 조직이었다.

"마교나 여타 불순분자들의 조력자가 된다면 모를까, 스스로 음모를 주도하진 않으니까."

그러나 그 느슨함 덕분에, 하오문이 주도적으로 어떠한 음모를 꾀하는 일은 드물었다.

"지금처럼 내분이 일어난 상황이라면 하오문이 문제를 일으킬 일은 없을 것이다."

동정호의 대전에서 혼돈대마는 첩보원들의 소모전을 유도했고, 미소공주는 그 거래를 받아들여 첩보원들을 공멸했다.

외부인인 마교에 비해 첩보원의 양성 비용이 저렴하다는 합리적인 판단 덕분이었다.

그러나 그렇게 생긴 첩보 공백을 하오문이 슬금슬금 집어먹었고, 갑자기 덩치가 불어난 하오문 내부에서는 암투가 벌어지고 있었다.

"사기의 두목이자 하오문주인 호로견자와 협박의 두목인 좌불안석의 대립이 이어지고 있다. 다른 여덟 두목들도 호시탐탐 기회를 노리고 있으니, 당분간 조직적인 행동은 불가능할 거다."

장평은 이채로운 표정을 지었다.

"좌불안석이 아직 살아 있었습니까?"

"그래."

무림맹이, 아니, 미소공주가 추살조를 보내 제거하기로 한 자였다.

하지만 정말 죽이려 했다면, 그가 아직 살아 있을 리가 없었다.

"일부러 살려 두신 거군요."

"굳이 호로견자의 골칫거리를 줄여 줄 이유가 있나?"

호로견자와 미소공주의 합의는, 좌불안석이 마교와 손을 잡았다고 공표하고 제거해 주는 것이었다.

하지만 미소공주는 일부러 좌불안석을 살려 두었다. 어차피 불온 세력인 하오문의 내분이 길고 깊어지길 바라면서.

"그럼 당분간 대형 사고는 없겠군요."

"대형 사고를 칠 수 있는 외부 세력은 없게 된 거지."

"'외부 세력'은 말이군요."

"그래."

장평은 미소공주를 바라보았다.

"궁내의 일은 잘 모릅니다. 문제가 될 일이 있을 것 같습니까?"

"적어도 지금 당장은 없다."

"청소반은요?"

미소공주는 잠시 침묵하다가 말했다.

"그들에게 신경 쓸 필요는 없다. 네 말을 충분히 이해한 모양이니까."

"두 가지 다요?"

장평은 청소반에 두 가지 말을 전했다.

책임자를 자결시키지 않으면 보복할 것이라는 협박과, 마교의 교리는 백화 요원들에게 지극히 해로우니 알려 하지 말라는 충고를.

"그래."

"알겠습니다."

장평은 잠시 침묵하다가 말했다.

"미소공주님도 백화 요원을 가지고 계십니까?"

"장신구 상인."

"그렇다면 청소반의 존재도 알고 계셨겠군요."

장평의 말에는 은근한 힐난의 기운이 섞여 있었다. 미소공주는 씁쓸한 표정으로 말했다.

"내가 정할 수 있는 일은 아니었다. 장신구 상인도, 청소반도."

"황제 폐하께서도요?"

"그들은 명령을 자의적으로 곡해하는 기술에 능하지. 그들이 태조의 유훈을 명분으로 삼는 이상, 황제들이라 해도 간섭하는 것은 쉽지 않은 일이다."

통제가 불가능한 충신들. 후임 황제에게 가능한 것은 그들을 죽이는 것뿐이었다.

그러나 그들은 어디까지나 국익을 위해 움직이고 있었고, 불쾌하다는 이유로 죽이기엔 아까운 자원이었다.

그들 중 대다수가 죽음으로라도 자유로워지길 원한다

는 점을 감안한다 하더라도.

"저와 마찬가지로요."

"그래."

미소공주가 장평을 통제할 수 있는 수단은 단 하나. 고향에 있는 그의 아버지를 인질로 잡는 것뿐이었다.

하지만 미소공주는 장평에 대해 잘 알았다.

바로 그 순간, 장평은 제국 최대의 적이 될 거라는 사실을. 가장 치명적인 곳을 가장 교묘하게 파고들 것임을.

결국, 청소반이나 장평이나 통제할 수 없다는 점은 마찬가지였다.

"당분간 널 필요로 하는 일이 생길 것 같지는 않구나. 원한다면 폐관수련을 해도 좋다."

"그 얘기를 어떻게 꺼낼까 걱정했는데, 먼저 말씀하시다니 놀랍군요."

장평은 흥미로운 표정을 지었다.

"조헌에 대해 들으셨습니까?"

"맹주님이 말씀하시더군. 너는 세계관을 얻었고, 심신이 깨달음에 적응할 시간이 필요하다고."

"그렇군요."

폐관수련이라면 지금의 장평이 누릴 수 있는 최대한의 사치였다.

장평은 쓴웃음을 지으며 말했다.

"저 없이도 괜찮으시겠습니까?"

반쯤은 농담 삼아 던진 말이었다.

그러나 미소공주는 예상외의 반응을 보였다.

"네가 없어도 괜찮아야겠지."

그녀는 쓸쓸한 표정으로 말했다.

"어차피 너는 내게 마음을 열지 않을 테니까……."

"공주님……?"

조심스러운 장평의 목소리를 들은 미소공주는 흠칫 놀랐다. 어느새 가면이 벗겨졌음을 자각한 것이었다.

"가라, 장평."

그녀는 다시 평정심의 가면을 쓴 채로 말했다.

"지금의 네겐 시간조차 사치이니, 얼마 없을 이 시간을 낭비하지 마라."

"……예."

장평은 걸음을 옮겼다.

어두운 통로 속. 빛이 비쳐 오는 출구를 향하며, 장평은 문득 용태계와의 대화를 떠올렸다.

〈자네, 미소랑 결혼하지 않겠나?〉

그리고 장평은 미묘한 당혹감을 느꼈다.

반쯤은 농담처럼 가볍게 들었던 그 말이…….

〈어쨌건 우리로서는 자네가 우리 편이라는 '안전장치'만 있으면 되는 거니까.〉

······전보다 묵직하게 느껴진다는 사실에.

* * *

미소공주의 심복, 장신구 상인이 조심스럽게 물었다.

"괜찮으십니까?"

"불안하구나. 당분간 내 곁에 장평이 없다는 사실이."

미소공주는 차갑고 딱딱한 돌 의자에 등을 기댔다. 그녀는 쓸쓸한 표정으로 말했다.

"그리고 그 불안감 자체가 날 불안하게 만드는구나."

"어떤 점이 불안하십니까?"

"지금 내가 느끼는 불안감이, 이성적인 불안감이 아닐까 봐 두렵다. 내 최고 요원을 당분간 쓸 수 없다는 불안감이 아니라······."

미소공주는 장평이 향한 출구를 바라보았다. 사람의 키보다 훨씬 긴 그림자가 드리워진 출구를.

무언가를 말하려 하던 미소공주는 입을 닫았다.

말하고 싶지 않았다.

다른 사람이 들을 것을 두려워해서가 아니었다.

이 자리에 있는 것은 호룡단의 수신 호위와 장신구 상인뿐.

모두 그녀의 심복들이었다.

그렇지만, 미소공주는 말하고 싶지 않았다.

이 애매모호한 불안감에 형태를 갖추는 것이, 그리고 그것을 자기 자신에게 들려주는 것을 원치 않았다.

'내가, 장평이라는 남자를 의지한다는 사실을 인정하는 것이 두렵다.'

그러나 입을 다물 수는 있어도 생각을 멈출 수는 없었다.

'그가 나를 어떻게 생각하는지 알고 싶다는 사실이.'

어두운 밀실, 차가운 석제 의자에 몸을 기댄 채 미소공주는 지그시 눈을 감았다.

'그리고 장평의 답이, 내가 원하는 답이 아닐 것 같다는 사실이……'

그녀는 씁쓸한 표정을 지었다.

"……두렵구나."

미소공주는 속삭였다.

어떤 '사람'도 없는, 외로운 석실에서.

* * *

장평이 택한 비밀 통로의 출구는 맹주실이었다. 맹주실에서 그를 기다리고 있는 사람이 있기 때문이었다.

"다녀왔나?"

용태계는 스스럼없이 물었다.

"예, 맹주님."

"일정은 조정했고?"

"예."

무인 장평에게는 폐관수련이 필요했다.

기연으로 획득한 세계관에 적응할 시간이.

그러나 장평이 휴식기를 갖는 것은 그 혼자서 정해도 될 만큼 간단한 일이 아니었다.

그가 활동을 중단했다는 사실이 알려지면, 마교나 하오문, 그 외의 음모가들이 준동할 가능성이 있었다.

파사현성 장평은 그만큼의 거물이었으니까.

"주변 정황도 그럭저럭 잘 풀려서 통제할 수 있을 것 같답니다."

장평은 그 부분에 대해 논의하러 간 것이었다. 자기가 없어도 될지에 대해서.

"미소가 그렇다면 그런 거겠지."

용태계는 장평에게 자리를 권했다.

두 사내는 서로를 바라보았다.

"아무래도 가능성의 세계관은 저와 인연이 없었던 모양입니다. 호의를 무용지물로 만들어서 죄송합니다."

"아니, 됐네. 지금의 자네 안에는 내 세계관도 녹아 있을 테니까."

"그렇다면 그런 셈이지요."

용태계는 흐뭇한 표정을 지었다.

"내 눈에 보이는 가능성도 가능성에 불과하다. 그걸 확인시켜 준 것만으로도 감사하네."

"예."

장평은 최대한 간결하게 답했다. 자신이 회귀자라는 사실에 대한 어떠한 감정도 섞이지 않도록.

"저는 폐관수련은 이번이 처음입니다. 뭐 조언해 줄 것 없으십니까?"

"아직 영약 남았지? 혹시 모르니 영약 한두 개는 들고 들어가게."

"왜요?"

"아무래도 석실은 습하다 보니 건량이나 벽곡단(辟穀丹)에 곰팡이가 필 수도 있고, 사람에 따라서는 아예 위장에 뭔가 들어 있는 것조차 거추장스럽게 느껴질 수도 있으니까."

"경험담처럼 들리는군요."

"그래. 맞네."

용태계는 웃었다.

"건량이랑 벽곡단이 입에 안 맞아서 그냥 영약만 먹었거든."

"……얼마나요?"

"일 년 정도? 영약 한 서른 개쯤 먹은 거 같군."

장평은 새삼 눈앞의 사내가 무림지존이기 이전에 제국의 부귀영화를 한 손에 틀어쥔 황태자였다는 사실을 체감했다.

'일반인들은 영약 하나만 먹어도 기연이라고 난리 치는데…….'

그러나 그것도 잠시. 장평은 쓴웃음을 지었다.

하기야, 장평 본인도 영약을 쌓아 놓고 먹는 처지가 아니었던가?

"뭐 따로 조언해 주실 일은 없습니까?"

"자넨 이제 내게 가르침을 받을 정도로 하수가 아니야."

용태계는 친절함과 온화함, 그리고 기특함이 뒤섞인 눈으로 장평을 바라보았다.

"이젠 장평 아우 스스로가 길을 만들면서 가야 하는 거라네."

그 말은 사람을 감동시키는 울림이 있었다. 오직 진심 어린 말만이 가질 수 있는 그 울림에, 장평은 잔잔한 미소를 지으며 말했다.

"은근슬쩍 호형호제하지 마십쇼."

"……쳇."

과장스레 실망한 표정을 지어 보인 용태계는 장평에게

꾸러미 하나를 내밀었다.

"받게. 세계관을 얻은 기념 선물일세."

"이게 뭡니까?"

"분재."

그것은 아직 어린 분재였다.

장평은 무의식적으로 '천하만민'을 바라보았다.

하늘을 향해 곧게 솟은 직간형 분재.

수십 년 세월이 깃든 그것은 가지 하나하나마다 고고한
기품이 서려 있었다. 거기에 솔잎은 풍성하면서도 절도
가 있어 수십 년의 세월은 '천하만민'에게 관록을 더해 줄
뿐이었다.

이미 어린 시절에 황태자로서 사치의 극에 달해 보았기
에, 용태계는 그다지 물건에 집착하지 않았다.

그는 무림의 기진이보를 잡동사니처럼 던져 둔 것은 물
론, 황태자의 신물인 천명보검조차도 빨랫대로 쓰고 있
었다.

그런 용태계이기에, '천하만민'에 쏟은 정성은 특별해
보였다.

"내가 황태자가 되던 날, 아버지께서 직접 선물하셨지.
황제가 아닌 아버지가, 황태자가 아닌 아들에게. 하사한
것이 아니라 선물한 물건이었지."

"그러셨군요."

"사실 분재를 선물하는 것은 황실의 전통일세. 딱히 특별한 행동은 아니셨지. 하지만 아버지가 주신 것 중 내가 지녀도 되는 것은 '천하만민'밖에 없었다네."

용태계는 황태자 자리를 포기하는 날 천명보검을 반납했고, 새롭게 황태자가 된 그의 동생은 자신이 물려받은 천명보검을 우애의 상징으로 용태계에게 다시 선물했다.

결국 용태계가 아들로서 아버지에게 받은 것은 이 분재 하나뿐이었던 것이었다.

장평은 자신의 분재를 바라보았다.

"참으로 뜻깊은 선물이었군요."

"본래는 겸손함과 겸허함을 위한 선물이었지. 제국의 황제라 해도 한 그루 분재의 생육(生育)조차 뜻대로 할 수 없음을 잊지 말라는 의미의 선물. 지금의 내겐 그 반대의 의미가 되었지만."

용태계는 잔잔한 미소를 지었다.

"내가 외로울 때 아버지의 추억을 되살려 주고, 내가 흔들릴 때마다 초심을 되찾아 줌으로써 내가 사람 이상의 존재가 되지 않도록 붙들어 주는 닻 말일세.

"맹주님……."

"장평. 자네는 이제 불로장생(不老長生)할 걸세. 남들과 다른 속도로 세상을 살 것이고, 자네와 같은 경지에 오르지 못한 수많은 필멸자는 자네를 스쳐 지나가겠지.

아련한 추억과 그리운 기억만을 남긴 채로 말이야."

용태계는 장평의 어깨에 손을 얹었다.

"초절정고수는 분명 초인(超人)이지. 하지만 초인이라
해도 사람이고, 초인일수록 사람이어야 하네."

용태계는 자식이 없었다.

적장자이자 전직 황태자. 최고위 황족이자 불로장생의
초월자인 그가 자식을 낳으면, 황실의 후계 구도가 뒤틀
릴 수 있기 때문이었다.

그것은 용태계가 원하는 것은 아니었기에, 그는 자식을
갖지 않았다.

아내가 늙어 죽을 때까지.

그리고 그 이후에도.

아버지가 될 수 없는 사내는 장성한 아들을 대견스러워
하는 눈빛으로 장평을 바라보았다.

"이름을 붙여주게. 자네와 동행할 존재에게."

장평이 분재를 본 순간.

'백면야차는 죽어야 한다.'

그는 분재에 무슨 마음을 담아야 하는지를 깨달았다.

"초지일관(初志一貫)이라 하겠습니다."

"그런가."

용태계는 장평의 어깨에 손을 얹었다.

"폐관수련 때 함께 들어가게. 분명 도움이 될 걸세."

"예, 맹주님."

"자, 그럼 갈까?"

용태계는 장평과 함께 걸음을 옮겼다.

용태계는 맹주 전용의 폐관수련실을 가지고 있었고, 장평은 그 수련실을 쓰기로 이미 얘기가 끝난 상황이었다.

"폐관수련 하기 전에 만나야 할 사람은 누구누구지?"

"만나야 하는 것은 백리흠. 만나고 싶은 사람은 남궁연연입니다."

"자네도 참으로 죄 많은 사람이로군."

용태계는 중의적인 미소를 지었다.

두 사람은 걸음을 옮기며 이런저런 잡담을 나누었다.

"……그런데 왜 따라오시는 겁니까?"

"음…… 할 일이 없어서?"

"할 일이 없으시면 미소공주 좀 도와주시지 그러십니까? 안 그래도 악전고투 중이던데."

"경험상 내가 나서면 대부분의 일이 해결되기는커녕 크고 복잡하게 꼬이던데?"

"핑계처럼 들리는 거 아시죠?"

"핑계가 아니라는 점이 나도 안타깝다네."

장평은 쓴웃음을 지었다.

그 말의 의미를 깨달은 것은 남궁연연을 만났을 때였다.

"매, 맹주님?"

고서각. 남궁연연은 잔뜩 긴장한 표정으로 용태계에게
예를 표했다.

"황백부께서 무, 무슨 일로 누추한 서고에 왕림하셨나
이까……?"

"장평을 따라왔는데."

"……아."

남궁연연은 그제야 장평을 바라보았다.

불안한 표정의 그녀는 용태계를 흘낏거리며 말했다.

"야, 장평. 맹주님은 무슨 일로 오신 거야?"

"그냥 따라오신 거요. 할 일이 없어서."

"천하의 무림맹주가 할 일이 없을 리가 없잖아. 무림지
존이자 황백부이신 분인데."

장평은 쓴웃음을 지었고, 용태계는 보란 듯이 어깨를
으쓱해 보였다.

용태계는 친근하고 상냥한 사람이었지만, 그것은 어디
까지나 직접 만나서 대화를 나눠 본 사람만이 알 수 있는
것이었다.

직접 만나 본 적 없는 사람들에게는 용태계란 사람이
어떤 사람인지는 중요하지 않았다. 그저 그의 권세와 위
명이 하늘을 찌른다는 것이 중요할 뿐이었다.

'명성이란 참으로 모순적이로구나.'

풍문과 평판이 진면목을 가리다니.

역설적인 일이었다.

장평은 헛기침을 하며 말했다.

"근래에 천운이 따라 기연을 얻었소. 세계관을 이루는 기연을. 심신이 그 기연에 적응할 수 있도록 폐관수련에 들어가려고 하오."

"그럼 당분간은 못 보는 거야?"

"그럴 것 같소."

"얼마나?"

"확신할 수는 없으나, 몇 달은 걸릴 것 같소."

"필요한 일이야?"

"필요하오."

남궁연연은 섭섭한 표정을 지었다.

"알았어. 네 세계관을 소화하고 와. 나도 공부 많이 하고 있을 테니까."

"똑똑한 척하기 위해서 말이오?"

"똑똑한 척이 아니거든? 실제로 똑똑한 거거든?"

토라진 표정의 남궁연연은 머리로 장평의 몸을 가볍게 들이받았다.

그리고 그 순간, 장평은 흠칫 놀랐다.

장난스러울 정도로 가벼운 충격 때문이 아닌, 이마의 높이 때문이었다.

'거의 다 왔구나.'

그녀의 이마는 장평의 가슴에 닿아 있었다.

구양신공의 연형법은 천형의 체질을 개선하였고, 남궁연연은 뒤늦게나마 성장하고 있었다.

오래 지나지 않아 쇄골에 닿을 정도로.

그리고 장평과 남궁연연은 약속했었다.

〈알아. 내가 네 눈에 여자로 안 보인다는 거.〉

남궁연연이 장평의 쇄골이 닿을 때까지는 미뤄 두기로 했던.

〈여기까지 닿으면, 나도 여자로 대해 주기로.〉

친구가 아닌 남녀로서 서로를 대하자는 약속을.

"……."

장평이 잠시 침묵한 순간, 남궁연연도 깨달았다.

"폐관수련이 끝날 무렵에는…… 네 쇄골에 닿겠지?"

"지금 같은 속도라면 그럴 것 같소."

"그래. 그렇구나."

남궁연연은 조용히 말했다.

"기다릴게. 네 폐관수련이 끝날 날을. 그리고 나를 찾아와 부를 날을."

"알겠소. 나도 기다리겠소."

장평은 미소를 지으며 말했다.

"이래저래 생각할 시간은 많을 테니까."

"응……."

아련한 분위기를 망친 것은 용태계의 헛기침이었다.

"……으흠. 으흠."

남궁연연은 화들짝 놀라 몸가짐을 바로 했고, 장평은 용태계를 빤히 바라보았다.

"운치가 없으시군요."

"말은 바로 해야지. 내가 방해한 것이 아니라, 자네들이 내 앞에서 분위기를 잡은 거잖나."

장평의 타박에 용태계는 투덜거렸다.

"방해받기 싫다면, 밀어(蜜語)는 구경꾼이 없을 때 나누었어야지."

"불청객이란 점은 자각하고 말씀하시는 겁니까?"

"나야 대부분의 경우 불청객이지."

장평은 웃으며 남궁연연에게 말했다.

"다녀오겠소."

"그래."

"편식하지 말고, 결식하지 마시오. 충분히 자고 억지로라도 몸을 움직이시오. 성장은 물론, 건강을 위해서라도."

"응, 그럴게."

남궁연연은 장평의 쇄골을 톡톡 치며 말했다.

"네가 발뺌할 수 없을 정도로 성장하기 위해서라도."

장평과 남궁연연은 미소와 함께 헤어졌다.

충분한 거리가 지난 후, 용태계는 말했다.

"남궁 소저를 직접 본 것은 처음이네만, 아주 인상적인
사람이로군."

"어떤 의미에서 말입니까?"

"자신의 가능성을 개화시켰다는 점에서."

용태계는 흐뭇한 표정을 지었고, 장평은 깨달았다.

"'보신' 겁니까?"

"그래."

용태계가 남궁연연의 '가능성'을 보았다는 것을.

"불편한 몸으로, 좋지 못한 여건임에도 치열하게 정진
했겠지. 낭비 없이 자신의 삶을 살았을 테고. 어른으로서
는 대견스럽고, 한 사람으로서는 존경스럽네."

용태계는 훈훈한 미소와 함께 말했다.

용태계는 상냥한 사람이지만, 식언을 하는 사람은 아니
었다. 장평은 자랑스러움을 느꼈다.

"남궁 소저는 존경할 수 있는 사람이지요."

"그래 보이는군. 평생을 함께할 가치가 있을 정도로."

"……맹주님?"

"그녀의 신체는 아주 많이 개선되었네. 내공을 익힐 수
는 없겠지만, 아이를 갖는 것에는 아무 문제가 없을 걸세.
그러니 남궁연연과 혼례를 올리게. 그리고 아이를 갖게."

제국을 위해 아버지가 되지 않은 남자는 아들을 바라보는 눈빛으로 말했다.

"새로운 가능성을 이 세상에 선물하게나."

* * *

그 순간, 장평은 미묘한 불편함을 느꼈다.

어느 부분이 불편한지 본인도 자각하지 못할 미묘하고 낯선 불편함이었다.

그러나 그것도 잠시.

장평은 웃으며 말했다.

"미소공주와의 혼례는 포기하시는 겁니까?"

"영웅호걸이라면 삼처사첩이 기본 아닌가?"

용태계는 껄껄 웃었다.

"미소가 비록 황실의 금지옥엽이라고는 해도 무림에서야 별수 있나? 자네 같은 거물을 제국에 붙들어 둘 수 있다면 둘째 부인도 감지덕지지."

"다른 사람이 했으면 불경죄로 잡혀갔을 말이로군요."

"그렇겠지?"

용태계는 장난스러운 표정으로 말했다.

"난 아니지만."

장평 또한 웃어넘겼다.

미소공주와 한 지붕 아래에서, 한 침상 위에서 산다는
것을 도저히 상상할 수 없기 때문이었다.

그것도 정처도 아닌 둘째 부인이라니.

터무니없는 일이었다.

"그럼 이제 백리흠 차례인가?"

이제 남은 것은 백리흠뿐이었다.

제일 복잡한 문제이기도 했다.

장평은 조심스레 말했다.

"백리흠의 아내 상앵은…….."

"동창의 요원으로서 미인계를 걸었네. 백리흠은 여러
가지 의미에서 유용했으니까."

백리흠은 무공에 대한 재능이 있었고, 판단력과 신중함
을 겸비했다. 거기에 천성적인 매력과 화술을 겸비했으
니, 무림은 물론 어떤 분야에서건 대성할 수 있을 인재였
다.

특히 그의 본가인 백리세가가 힘없는 약소 세가라는 점
까지 감안하면 더욱 탐낼 만했다.

"……쓰다 버리기 좋은 패로서요."

백리흠은 아내와 딸이 인질로 잡혔다고 생각하며 필사
적으로 노력하고 있었다.

그 모든 것이 거짓이라는 것도 모른 채로.

"백리흠의 아내 상앵은 청소반입니까?"

"지금은 그렇네. 미인계를 쓸 당시에는 아니었지만."

"일이 복잡하게 되었군요."

"그렇게 되었지."

상생과 백리영이 있는 한, 제국은 백리흠을 통제할 수 있었다. 문제는 백리흠을 통제할 수 있는 도구인 상생이 통제 불능이라는 것이었다.

미소공주가 백리흠을 무림맹 안에 감금한 이유도 그 때문이리라.

"백리흠 자체는 문제가 아니지만……."

"그의 족쇄인 상생이 문제가 되었지."

정상인들과 다른 사고방식을 가진 예측 불허의 충신. 청소반과 상생이 그에게 접촉하는 것을 막기 위해서.

"청소반은 통제가 불가능한 겁니까?"

"명령을 내릴 수는 있네. 문제는 그들이 명령을 자의적으로 곡해할 수 있다는 점이고."

청소반은 국익을 위한다는 명분만 있으면 얼마든지 명령을 곡해할 수 있었다.

그들은 충신이지만, 통제는 불가능했다.

"곡해가 불가능할 정도로 간단명료한 명령이라면요?"

"가능하지. 안 그래도 허가 없이는 무림맹 내부로 들어오지 말라는 명령을 내려 둔 상태일세."

"서수리는 무림맹에 잠입하지 않았습니까?"

"그때는 청소반이 아니었으니까."

정상인인 동창은 판단에 따라서는 명령을 거부할 수 있었다. 그러나 어려서부터 세뇌된 백화 요원들은 지휘권을 가진 상관의 명령에 복종했다.

무림맹에 잠입하라는 동창의 명령을 무림맹에 접근하지 말라는 용태계의 명령보다 우선한 것이었다.

하지만 반대로 말하자면, 동창의 명령 체계에서 이탈한 자들. 즉, 청소반이 된 지금의 백화 요원들은 용태계의 명령을 어기고 백리흠과 접촉할 수는 없다는 말이기도 했다.

용태계보다 높은 권한을 가진 사람이 명령하기 전에는.

"복잡하군요."

"원칙에 충실한 사람일수록 복잡한 삶을 살기 마련이니까."

용태계의 말에는 울림이 있었다. 직접 보고 겪은 사람만이 낼 수 있는 울림이었다.

장평은 고개를 끄덕였다.

"지금의 백리흠은 무림맹이 품고 있는 최대의 위험 요소입니다."

'백면야차'인 백리흠은 천마와 직접 만나 가르침을 받았다. '과학적인 사고방식'을 완전히 이해하고 있는 백리흠이 마교도가 되지 않은 이유는 단 하나, 아내와 딸에 대한 사랑 때문이었다.

문제는 그 사랑이란 것이 처음부터 허상에 불과했다는 점이었다.

'내가 조금만 더 빨리 건곤대나이를 이해했다면.'

장평은 씁쓸한 표정을 지었다.

'하필 그사이에 백리흠이 십만대산에 들어가지만 않았어도, 그에게 가족과 자유를 줄 수 있었을 것을.'

가정을 꾸릴 수 있었으리라. 상앵은 현모양처를 '연기'할 수 있었고, 백화원에서 교육을 마친 백리영도 금지옥엽의 '배역'을 수행할 수 있었다.

그 가정은 그림처럼 화목했으리라.

그러니 가장인 백리흠은 누구보다 행복했으리라.

아내와 딸이 거짓말을 하고 있다는 사실을 결코 알 수 없을 테니.

'일이 그렇게 끝났다면, 모두가 행복할 수 있었을 텐데.'

하지만 백리흠은 십만대산에 들어가 버렸고, 금단의 지식을 얻어 버렸다.

이제는 그를 풀어 줄 수 없게 되어 버렸다.

상앵이, 그리고 청소반이 그를 통제할 수 있는 상황이니 말이다.

"만약 백리흠을 죽여 달라고 하면 죽여 주실 겁니까?"

잠시 주저하던 용태계는 내키지 않는 표정으로 말했다.

"……다른 수가 없다면."

용태계 또한 청소반의 위험성을 잘 알고 있었다.

무림인이 된 용태계가 자유롭게 살라고 명령했음에도 불구하고, 무림맹주인 '주군'을 보필하기 위해 개방의 간부가 된 '맹목개'를 직접 보았기 때문에.

"하지만 가능하면 백리흠을 죽이고 싶진 않군. 좋은 사람이고 불쌍한 사람인 데다가, 비범한 가능성을 가진 인재이니까."

"저도 그를 죽이고 싶지 않습니다."

다른 모든 것을 제외하더라도, 백리흠은 천마에게 직접 받은 전언이 있었다.

그 전언을 알 수 있다면, 천마의 속셈을 알 수 있으리라. 속셈을 알 수 있다면, 방해하고 파훼할 수도 있을 것이고.

"하지만 그의 주변은 그를 가만히 놓아둘 생각이 없을 것 같군요."

"그건 그렇지."

장평과 용태계는 걸음을 옮기며 조용한 대화를 나누었다.

백리흠의 숙소가 보이는 지점까지.

"맹주님."

"알고 있네."

남궁연연과는 달리, 백리흠은 복잡한 입장이었다.

"다녀오게, 장평."

용태계는 걸음을 멈춘 채 말했다.

"자네가 만나야만 하는 사람을 만나러."

* * *

"아, 내 유일한 말벗이 왔군."

백리흠은 장평을 보며 미소 지었다.

"무림지존을 밖에 세워 둔 채로."

장평은 백리흠을 바라보았다.

"요즘은 좀 어떠십니까?"

"시간은 남고 할 일은 없으니, 소일거리나 할 수밖에 없지."

그는 책상을 톡톡 두드렸다.

그곳에는 아직 책으로 제본되지 않은 원고가 난잡하게 쌓여 있었다.

"책을 쓰고 계십니까?"

"마교와 관련된 정보는 기밀 사항이지만, 그곳에서 보고 들은 풍문은 딱히 감출 필요가 없으니까."

원고를 살펴보니 대충 지리와 인종, 문화와 풍물에 대

한 기록이었다.

"제목은 정하셨습니까?"

"사해의 풍문을 엮은 것이니, 사해풍문록(四海風聞錄)이라고 할 생각이네."

책장을 넘기며, 장평은 잠시 의심했다.

'혹시 천마가 이러한 책을 써서 배포하라고 지시한 것일까?'

그러나 장평이 훑어보기에도 딱히 위험한 부분은 없어 보였다. 아마도 백리흠 자신이 '무엇을 쓰면 안 되는지'를 잘 알고 있기 때문이리라.

"어디에 사용하실 생각입니까?"

"용도가 어디 있겠나. 그냥 소일거리지."

그는 너털웃음을 지으며 말했다.

"뭘 걱정하는지 잘 아니, 걱정하지 말게. 미소공주나 남궁 소저 정도에게만 보여 줄 생각이니까."

"예."

"의심하지 않았다는 말은 안 하는군."

장평은 온화한 미소를 지었다.

"제가 그리 말하면, 그 말을 믿으셨겠습니까?"

"안 믿었겠지."

"그런 겁니다."

장평은 침상에 걸터앉아 백리흠과 눈높이를 맞추었다.

"당분간 폐관수련을 좀 할 생각입니다."

"천하의 파사현성이 자리를 비운다고? 그거 큰일이군."

백리흠은 너스레를 떨며 말했다.

"자네 없이도 천하가 무사하겠나?"

"주변의 정황은 양호합니다."

장평은 차분히 말했다.

"그저 백리 대협이 신경 쓰일 뿐입니다."

"내가 할 일이 신경 쓰이는가?"

백리흠은 너털웃음을 지었다.

"아니면 내가 당할 일이?"

"둘 다 그렇습니다."

장평은 조용히 말했다.

"몸을 낮추고 계시길 권합니다. 제가 곁에서 도와드릴 수 없는 상황이니까요."

"지금 이상으로 얌전할 수는 없을 걸세."

"압니다."

"문제는, 이게 언제까지 계속되냐는 것이겠지."

백리흠은 쓴웃음을 지었다.

"시선이 느껴지네. 나를 감시하는 시선들이. 그리고 내 숙소 주변에는 사람들이 얼씬도 하지 않는다는 것을 알고 있네. 그럴 때마다 느낄 수밖에 없다네. 나는 아직도 위험인물이라는 것을 말일세."

그는 장평을 바라보며 말했다.

"장평 자네와는 달리 말이야."

"백리 대협."

"우린 왜 서로 다른 건가? 같은 비밀을 알고 있는데, 왜 나는 여기에 갇혀 있고 자네는 자유로운 건가?"

그의 한탄은 질문이 아니었다. 답이 무엇인지는 두 사람 다 잘 알고 있기 때문이었다.

"자네는 공을 세웠지. 마교 역사상 가장 큰 타격을 입힌 사람으로서, 그 누구도 의심할 수 없는 거물이 되었지. 하지만, 하지만……."

백리흠은 갑갑한 표정으로 말했다.

"내겐 왜 기회조차 주어지지 않는 건가? 마교와 싸우고 공을 세울 기회마저도?"

"검증이 끝나기를 기다리시지요."

장평은 거짓말을 했다.

"분명, 언젠가는 백리 대협이 자유의 몸이 될 날이 올 테니까요."

"그래. 오겠지. 신뢰와 자유를 얻고 풀려날 날이. 마교 놈들을 엿 먹이고 무림과 황실에 공을 세워서……."

암울한 현실 속에서도 한 조각 희망이 빛나고 있었다.

"……내 가족을 돌려받을 날이."

장평은 친절한 미소를 지었다.

아무리 거짓말에 능한 장평이라 해도, 도저히 말할 수 없기 때문이었다.

그의 소망마저도 거짓이라는 사실을.

* * *

장평이 걸어 나오자, 용태계는 넌지시 물었다.

"살인멸구가 필요한가?"

"아직은 아닙니다."

장평은 조용히 말했다.

"그의 생사는 미소공주가 정할 것입니다. 하지만 만약, 백리흠이 위험인물과 접촉하거나 무림맹을 탈출하려 한다면……."

"내가 처리해 주지."

"감사합니다."

장평은 입안이 씁쓸함을 느꼈다.

'백리흠…….'

백리흠은 소박하고 선한 사람이었다. 그러나 그는 재능이 있었고, 사람을 도구로 삼는 자들은 백리흠을 도구로 삼기를 주저하지 않았다.

행복한 가정을 꾸린다.

중원의 어떤 사내도 이룰 수 있는 그 소박한 꿈은, 음모의 거미줄이 되어 백리흠을 칭칭 동여매고 있었다.

'탐욕스럽고 천박한 작자였다면 속 편히 멸시라도 했을 것을.'

장평은 씁쓸함 속에서 백리흠을 동정할 수밖에 없었다.

다름 아닌 장평 자신도 그를 이용하려는 자에 속한다는 점을 자조하면서.

"자, 여길세."

용태계의 폐관수련실은 지하의 석실이었다.

그곳에는 작은 우물이 있었고, 용변을 흘려보낼 작은 시냇물도 있었다.

신선한 벽곡단 또한 넉넉히 비축되어 있었고 온도와 습도 또한 적절했다.

오직 수련에만 집중할 수 있는 환경이었다.

"자네, 안을 들여다보고 오게."

용태계는 미소를 지으며 말했다.

"바깥의 일들은 나와 미소에게 맡겨 두고."

"예, 맹주님."

스르르릉.

석실 문이 닫혔다.

야명주 몇이 은은한 빛을 발하는 가운데, 장평은 눈을

감고 자신 안으로 가라앉았다.

자신이 본 세계관을 이해하기 위해서.

* * *

"주군."

용태계를 주군이라 부르는 사람은 단 한 사람. 맹목개
뿐이었다.

초감각으로 그의 말을 들은 용태계는 전음으로 답했
다.

〈무슨 일이지?〉

"예지몽이 옳으셨습니다. 서쪽의 안휘성에서 대참사가
벌어지고 있습니다."

〈누구의 짓이지?〉

"하늘입니다."

맹목개는 산전수전 다 겪은 노강호였다. 그러나 그조차
도 참담함을 감출 수 없는 목소리로 말하고 있었다.

"하늘이 사람을 버렸습니다."

* * *

장평은 가라앉고 있었다.

'깊게. 더 깊게.'

자기 자신 안으로 침잠(沈潛)하고 있었다.

그가 얻은 기연. 현실의 세계관을 더 깊고 더 세밀하게 마주하기 위해서.

'생각을 늦추자. 마음을 열자.'

장평의 장점은 생각이 빠르다는 것이었다. 많은 정보를 빠르고 흡수하고 정리하여, 신속한 판단을 내리는 것이었다.

그리고 장평의 단점도 생각이 빠르다는 것이었다.

'화두(話頭)를 돌리지 말자. 숙고하기를 그만두지 말자.'

그는 생각하는 것에도, 생각하길 그만두는 것에도 익숙했다. 하지만 한 가지 주제에 머물러 있는 것에는 서툴렀다.

그렇게 훈련되었기 때문이었다.

본인이 이해할 수 없는 전문적인 지식은 전문가의 조언을 듣는 것으로, 이해할 수 없는 것은 이해하지 않는 것으로 대처하는 것에.

하지만 이번에는 그 누구의 도움도 받을 수 없었다.

'내 세계관을 이해할 수 있는 사람은 나밖에 없다.'

광대무변(廣大無邊)한 거대한 이치. 결론을 내기는커녕 완전히 이해하는 것조차도 어려운 복잡한 이야기이기에 아무도 도움을 줄 수 없었다.

'떠올리자. 불순물이 없는 현실. 진공원을.'

장평은 눈을 감았다.

'그리고 분간하자. 현실에 덧씌워진 거대한 법칙들을.'

세계관을 이루는 방식은 여러 가지였지만, 그 기저에는 종교와 철학에 대한 수양이 깔려 있었다.

무학은 강함을 위해 종교와 철학의 요소를 빌려 왔다. 특히 구파일방을 비롯한 명문 무가들은 같은 세계관을 오랜 세월 계승하며 다듬어 왔다.

긴 세월에 걸쳐, 무공에 접목하기 쉬운 방식으로 재단된 세계관을.

하지만 장평이 마주하고 있는 '현실'은 무림인들을 위한 세계관이 아니었다.

'보는 것'에 특화된 화가의 세계관.

가장 광대하고 가장 세밀하며, 가장 많은 정보량을 담고 있는 세계관이었다.

'보자. 현실을 마주하자.'

장평은 가부좌를 튼 채로 생각했다.

자신의 심상(心想) 속, 무한히 펼쳐진 광야를 홀로 떠돌았다.

발걸음이 닿는 곳마다 마음이 빚어지고 있었다. 눈이 닿는 곳마다 깨달음이 펼쳐졌다.

'현실이여.'

장평은 그 어떤 순간보다도 충실감을 느꼈다.

'내가 너를 들여다보고 있노라.'

경이감과 경외심, 그리고 정복감.

장평은 행복했다. 평생 마음속에 머물고 싶을 정도로.

그러나…….

'이건…… 뭐지?'

그의 마음이 가장 깊은 곳에 닿을 때마다, 그리하여 피아(彼我)가 존재하지 않는 경지에 이를 때마다 장평은 무언가 설명할 수 없는 이질감을 느끼곤 했다.

'이건…… 뭐지?'

치직. 혹은 파직. 혹은 찌지직.

그의 세계관을 '넘어선' 곳에서 무언가가 느껴지곤 했다.

손을 뻗어도 닿을 수 없는, 이해는 커녕 온전히 인식하는 것조차 불가능한 무언가가 불협화음의 형태로 언뜻언뜻 들리곤 했다.

'확인해 보자.'

가선 안 될 곳이며, 갈 수 없는 곳이었다.

하지만 야만적인 호기심은 장평을 이끌었고, 이성에서 자유로워진 장평은 부주의하게 점점 더 세계관의 끄트머리로 나아갔다.

불협화음이 들려오는 곳을 향해서.

'세계관의 경계를 넘어서라도……'

그때였다.

덜컥!

누군가가 목덜미를 잡은 기분이 들었다.

장평의 정신이 세계관의 경계를 넘기 직전, 누군가가 그를 붙들고 있었다.

떨쳐 낼 수 있었다. 장평의 정신은 장평의 것이니, 원한다면 충분히 뿌리칠 수 있었다.

그러나 그 순간, 장평은 분명히 '들었다'.

"후……"

피곤한 듯이, 혹은 실망한 듯이 나직한 한숨을 내쉬는 소리가…….

분명히, 들렸다.

* * *

장평은 눈을 떴다.

그의 눈앞에는 분재 '초지일관'이 보였다.

그리고 장평은 그제야 자신이 '현실'의 눈을 떴다는 것을 깨달았다.

자신의 마음이 아닌, 현실을 마주하고 있다는 것을.

"……."

머리가 맑았다. 몸이 가벼웠다. 곡기를 끊어서 그런 것도 있었지만, 육신을 이루고 있는 혈육들이 이전과는 다르게 느껴졌다.

'얼마나 시간이 지난 것일까?'

장평의 질문에 답한 것은 '초지일관'이었다.

갓 식재했던 소나무 묘목은 나무라고 불릴 정도로 자라 있었다. 사방팔방으로 자유분방하게 가지를 뻗은 성목(成木)이 되어 있었다.

문제는 너무 잘 자랐다는 것이었다.

'물도 안 주고, 햇볕도 없는 석실인데…….'

장평은 기이함과 불안감을 동시에 느꼈다.

식물의 생장에 필요한 요소들이 없음에도 장성했다는 사실에. 그리고…….

'대체 시간이 얼마나 지난 거지?'

……너무 많이 성장했다는 사실에.

'몇 년? 혹은 몇십 년?'

장평은 불안함과 함께 몸을 점검해 보았다.

단전은 확장되었고, 신체 기관들은 불순물 없이 맥동하고 있었다.

심신이 세계관에 적응하여 한계가 높아진 것이었다.

지금의 장평은 절정고수였다.

초절정고수로 성장할 수 있는 절정고수.

폐관수련 자체는 성공한 것이었다.

'너무 오랜 시간이 걸린 것이 아니어야 할 텐데.'

장평은 폐관실의 문을 열었다.

그와 동시에, 신선하고 달콤한 공기가 확 밀려 들어왔다.

생각할 것도 없이 몸이 느꼈다.

'봄이다.'

장평은 훌쩍 뛰어올라 폐관수련실 밖으로 나왔다. 그가 주변을 돌아보자, 역시나 생기 가득한 신록의 봄날이었다.

'대체 몇 년 뒤의 봄인 거지?'

장평이 '초지일관'을 내려다보며 혼란스러워할 때였다.

쉬익!

장평이 고개를 돌리는 것과 동시에, 하늘을 날아온 누군가가 깃털처럼 가볍게 착륙했다.

"맹주님."

용태계였다.

들어갈 때와는 조금도 바뀌지 않은 모습에 장평은 내심 안도했다.

'그렇게 오래 지난 건 아닌가 보군.'

그때, 용태계는 어색한 표정으로 말했다.

"장평? 자네 아직 살아 있었나?"

"아직 살아 있었냐니, 무슨 말씀이십니까?"

"무슨 일이냐니? 모르는 건가?"

그는 어두운 표정을 지었다.

"아니. 무아지경 상태였다면 모를 수밖에 없었겠군."

장평은 불길함을 느꼈다.

장성한 '초지일관'이 암시하고 있던 것.

"시간이…… 얼마나 흐른 겁니까?"

"갑자(甲子)가 두 순배를 돌았네."

"……예?"

한 갑자는 육십. 그게 두 순배라면…….

장평은 장성한 '초지일관'과 용태계의 변함 없는 얼굴을 번갈아 바라보았다. 숨이 턱 막혔고, 현기증이 느껴졌다.

머리가 뒤죽박죽인 가운데, 장평은 멍청한 표정으로 물을 수밖에 없었다.

"백이십 년이…… 지났다고요?"

"……."

"그럼…… 사람들은요?"

모든 인연이 끊어졌다. 모든 기억이 추억으로 발효되었다. 아버지도, 미소공주도, 그리고 무엇보다도…….

'……남궁연연.'

백이십 년.

백이십 년은 너무 길었다. 입신의 경지에 닿지 않은 모든 이를 세월의 먼지로 만들 정도로.

"진정하게, 장평. 마음을 다잡고 현실을 받아들이게."

용태계는 슬픈 얼굴로 장평의 시선을 외면했다.

"아직…… 한 해도 안 지났다는 사실을."

"그렇군요. 아직 한 해도……."

침통하게 읊조린 장평은 눈을 껌뻑거렸다.

뭔가 이상했다.

"아니. 잠깐만. 한 해……?"

고개를 갸웃거리는 장평의 모습을 보며, 용태계는 유쾌한 미소를 터트렸다.

"하하하! 농담일세, 농담. 감쪽같이 속았지?"

장평은 혼란스러운 표정으로 물었다.

"농담이라고요?"

"응."

"백이십 년이? 아니면 일 년이?"

"말했잖나. 아직 한 해도 안 지났다고."

그 순간, 속았음을 깨달은 장평은 발끈했다.

"지금 그걸 농담이라고 하신 겁니까?"

"그래. 그렇네."

"재미없는 장난이군요."

"난 재밌었는데?"

용태계는 싱글거리며 웃었다.

"망아(忘我)의 경지에 들어갔다 온 절정고수에게는 이런 신고식을 치르는 것이 무림의 관례일세. 자네는 사문이 딱히 없으니 내가 대신 해 준 거고."

장평은 짜증스러운 표정을 지었다.

"무림에는 정말 철딱서니 없는 관례도 다 있군요."

"그렇지?"

용태계는 웃으며 말했다.

"자네도 기억해 두었다가 주변 사람에게 꼭 해 주게나. 자네만 당하면 억울하잖나?"

"……."

할 말을 잃은 장평은 '초지일관'으로 눈을 돌렸다.

그러자 할 말이 떠올랐다.

장평은 그가 아는 최고의 분재 전문가에게 물었다.

"그럼 이건 왜 이렇게 빨리 자란 겁니까? 햇볕도 없고, 물도 안 줬는데."

"세계관은 자네의 심신을 탈속(脫俗)시키지. 그 과정에서 체내의 많은 기운이 체외로 배출되네. 그리고 밀폐된 폐관수련실에 농밀하게 퍼진 기운을 그 분재가 흡수했고."

"그렇군요."

장평은 '초지일관'을 내려다보며 미묘한 기분을 느꼈다.

'이 분재 안에 내가 버린 내 일부가 살아 숨 쉬고 있다는 말인가?'

뭐라고 설명하기 힘든 미묘한 기분이었다.

그리고…….

'한숨 소리.'

일전에도 들은 적이 있었다. 세계관의 충돌로 뇌가 파열했을 때, 그 한숨 소리가 들려왔다.

'그건 대체 뭐였을까?'

야만적인 호기심에 이끌린 그의 정신을 제지했을 때와 마찬가지로.

'아니, 대체 누구였을까?'

장평은 생각했다.

'한숨 소리를 낸 존재는 분명 날 도운 것이다.'

세계관 충돌의 순간에는 장평의 정신을 복구해 주고, 세계관 이탈의 순간에는 그의 정신을 멈춰 주었다.

모든 것이 미지였지만, 장평을 돕는다는 것만은 확실했다.

그러나 반대로 말하자면, 장평을 도와주었다는 것을 제외하면 모든 것이 미지였다.

'혹시 흑백의 노인과 연관이 있는 것일까?'

조헌의 유작 진공원을 보았을 때, 그리하여 '현실'의 세계관을 얻었을 때, 장평은 보았다. 검고 흰 두 노인의 환상을.

지칠 대로 지친 흰 노인은 장평이었다. 어디인지, 그리고 언제인지는 모르겠지만 그는 분명 장평이었다.

흰 노인은 두 가지를 말했다.

장평의 기억 속에 '현실의 쐐기'인 태허합기공을 심어주었다. 백면야차는 죽어야 한다는 말과 함께.

'한숨 소리와 흰 노인은 어떤 관계인가? 그들은 내게 뭘 바라고 있는가?'

장평은 생각했다.

그리고 잠시 뒤, 생각하는 것을 그만두었다.

'판단하기에는 자료가 부족하다.'

시급한 사안은 아니었다. 지금은 좀 더 많은 정보를 얻을 때까지 기다릴 수밖에 없었다.

그래도 한 가지는 확인할 수 있었다.

"후……."

장평은 반쯤은 의도적으로 한숨을 내쉬어 보았다.

'역시 다르군.'

확실히 장평 자신의 한숨 소리는 아니었다.

"왜 벌써 한숨을 내쉬고 그러나?"

그리고 용태계는 싱글거리며 웃었다.

"아직 밀린 숙제들은 손도 안 댔는데."

"밀린 숙제라."

장평은 쓴웃음을 지었다.

"제가 없는 사이 무슨 일이 있었습니까?"

"많이 있었지. 줄을 서야 할 정도로."

"그거 끔찍한 얘기로군요."

"그렇지? 그러니, 일단 밥부터 먹자고."

용태계는 그의 등을 탁 치며 말했다.

"업무에 복귀하면, 밥 먹을 시간도 없을 테니까."

* * *

장평과 용태계는 경공을 펼쳐 가까운 식당으로 향했다. 마침 점심시간이라 사람들로 북적거렸다.

장평과 용태계는 얌전히 배식 줄을 선 채 잡담을 나누었다.

"그건 그렇고, 세계관도 얻었는데 새로 창안한 무공은 없나?"

"딱히 없습니다."

"그래?"

용태계는 대수롭지 않은 표정으로 말했다.

"보통 세계관에 적응하면 무공 하나쯤은 만들던데?"

"그렇긴 한데, 이미 가불을 받아 버려서요."

"가불?"

용태계는 고개를 갸웃거렸으나, 대수롭지 않게 넘어갔다.

"뭐, 사람마다 다른 거니까."

현실의 쐐기. 태허합기공.

어느새인가 '장평'의 기억 속에 섞인 무공을 장평은 아무런 의심 없이 사용해 왔다.

'태허합기공은 지금의 내가 창안했어야 하는 무공이다. 현실의 세계관을 얻은 내가.'

아마도 흰 노인이 전해 준 덕분이리라.

하지만…….

'흰 노인은 어떻게 순서를 바꾼 것일까?'

장평은 생각하는 것을 그만두었다.

정보가 부족했다.

현재로서는 답을 내릴 수 없는 질문이었다.

그가 할 수 있는 것은 그저 식판을 받고 음식을 담는 것뿐이었다.

"야! 장평!"

그때, 식당 한편에서 누군가가 장평을 불렀다.

장평이 돌아보니, 낯익은 얼굴이었다.

"모용평, 과장님."

호송과 사람들이 한 식탁에 모여 있었다.

모용평은 과장되게 손을 흔들었고, 악호천은 고개만 살짝 끄덕이며 인사를 했다.

장평의 앞에 선 용태계는 물었다.

"저쪽에 합석할까?"

"그러시죠."

용태계가 다가가자, 호송과 사람들은 친근한 태도로 인사했다.

"맹주님 오셨어요?"

"형이라고 부르라니까."

"족보 꼬여요. 족보."

예를 갖추기는커녕 일어나지도 않고 농담을 주고받는 것이 꽤나 친밀해 보였다.

장평은 모용평의 몸을 보고 그 이유를 깨달았다.

"벌모세수 받았어?"

모용평은 눈에 띄게 강해져 있었다. 초일류고수의 경지에 오른 것은 물론, 근골의 형태부터가 바뀌어 있었다.

기연을 얻은 것이었다.

"응. 맹주님이 해 주셨어."

모용평은 우람한 팔근육을 자랑하며 말했다.

"어때? 이 정도면 어디 가서 맞고 다니진 않겠지?"

"자네가 얼마나 강해졌는지가 문제가 아니라, 우리가

마주하는 적이 얼마나 강하냐가 문제지."

옆에서 듣고 있던 악호천은 웃으며 말했다.

"장평 자네는 늘 우릴 최악의 전장에 끌어들이곤 하잖나."

장평은 쓴웃음을 지었다.

"아니라곤 못 하겠군요."

악호천은 노강호로서 완숙의 경지에 이르렀다. 그 말은, 성장의 여지가 별로 없다는 얘기이기도 했다.

전투 종족 선비족의 혈통을 이은 강골, 모용평과는 다른 경우였다.

"저 친구는 더 강해질 걸세. 모용세가의 무공으로는 아니겠지만."

"그는 모용세가의 자랑거리가 될 겁니다."

용태계의 말에, 장평은 순수하게 기뻐했다.

"그를 벗으로 둔 저의 자랑거리이기도 하고요."

"자네가 기뻐할 줄 알았네."

용태계는 활짝 웃었다. 선물에 기뻐하는 어린애를 보는 아버지의 눈빛으로.

"아니. 잠깐."

그 순간, 장평은 흠칫했다.

"……모용세가의 무공은 아니라고요?"

"왜 그러나?"

"모용세가의 무공이 아니라면, 황실의 무공을 가르쳐 준 겁니까?"

"그래. 그렇네."

장평은 황실 무고에 있는 무공들이 어떤 종류의 무공인지 잘 알고 있었다.

직접 겪어 보았기 때문이었다.

장평은 목소리를 낮추며 물었다.

"현존하는 문파입니까?"

"반쯤은."

"반쯤은 현존한다니, 대체 어느 문파이길래요?"

"태양궁(太陽宮)의 태양심법(太陽心法)이랑 일륜휘광도(日輪輝光刀)."

태양궁은 은월궁(隱月宮)과 함께 일월쌍궁으로 불리는 신비 문파였다. 은월궁이 신비스러운 여검객을 배출하는 여자들만의 문파라면, 태양궁은 웅장하고 강맹한 도객을 배출하는 사내들만의 문파였다.

대놓고 신비 문파라 불릴 정도로 알려진 것이 없었지만, 한번 무림에 출도하면 무림의 판도를 뒤바꾸는 신비 고수들을 배출하는 곳이기도 했다.

"문제 되는 거 아닙니까?"

"아니. 문제 될 일 없네."

"어떻게 확신하십니까?"

용태계는 대수롭지 않게 말했다.

"태양궁이랑 은월궁 모두 황실에서 관리하는 위장 조직이니까. 무림에 직접 간섭해야 할 때를 대비해서."

무림에 피바람이 불 만한 비사(祕史)였다.

몇 달 만에 앉은 밥상머리에서 듣기에는 거북스러울 정도로.

"뭐, 그렇다면 다행이군요."

그러나 지금의 장평 또한 예전의 장평이 아니었다. 일월쌍궁의 비사 정도는 대수롭지 않게 넘어갈 정도의 거물이었다.

그가 걱정하는 것은 모용평이 무공의 원주인과 다투는 것이었지, 일월쌍궁 자체가 아니었다.

"요즘처럼 대놓고 직접 무림에 개입하는 상황에서는 굳이 문파 세탁을 할 필요가 없으니까요."

황궁 옆에 대놓고 무림맹을 세운 세상인데, 황실이 관리하는 위장 방파가 무슨 문제가 되겠는가?

"모용평의 친구 중에 거물이 있어서 잘 보여야 했거든. 성능 좋고 궁합도 잘 맞으면서 문제가 안 될 무공을 주려고 궁리를 좀 해야 했지."

"모르는 사람이 들으면 진짜 줄 알겠군요."

"진담인데?"

용태계는 웃으며 말했다.

"파사현성 장평은 무림맹주의 의형제이자 황실의 부마가 될 사람이잖나?"

"맹주님은 선동과 날조 없이는 대화가 안 되는 겁니까?"

무림지존과 무림명숙이 투덜거리며 티격태격하는 사이, 조촐하지만 즐거운 식사 시간이 끝났다.

"주변 정리 좀 하고 호송과로 와! 폐관수련 끝낸 기념으로 과장님이 천당각에서 한턱내실 거야!"

"나보고 또 맹식만 먹고 살라는 건가?"

투덜대는 악호천이었지만, 반대하지는 않았다. 그는 장평을 보며 희미한 미소를 지었다.

"어쨌건, 시간 나면 함께 회포나 푸세나. 모용세가의 적장자는 요즘 본가에서 용돈을 많이 받는 모양이니……."

"……엇?!"

당황한 모용평을 보며, 장평은 피식 웃었다.

"예, 과장님. 곧 찾아뵙겠습니다. 모용평의 용돈을 털어먹기 위해서라도요."

그들이 멀어지는 모습을 보며, 용태계는 훈훈한 미소를 지었다.

"좋은 사람들이군."

"예. 제겐 과분한 인연이지요."

용태계는 잠시 주저하다가 말했다.

"인사를 나눌 사람들이 더 있겠지. 인사가 끝나면 미소
와 셋이서 얘기 좀 하세나."

"셋이서요?"

용태계는 첩보와 공작에는 관여하지 않았고, 반대로 미
소공주는 무학이나 정치에 대해서는 간섭하지 않았다.
전문 분야가 다르기 때문이었다.

"그래. 셋이서."

그 둘과 동시에 논해야 할 일이라면, 복잡하고 심각한
일임이 분명했다.

"무슨 일입니까?"

용태계는 장평의 어깨에 손을 얹었다.

"지인들과의 재회를 방해하고 싶진 않군. 오늘 밤에 맹
주실로 오게나."

"예, 맹주님."

장평은 순순히 그의 배려를 받아들이기로 했다.

"오늘 밤에 뵙겠습니다."

"그래. 오늘 밤에."

맹주실로 날아오르는 용태계를 보며, 장평은 문득 서쪽
을 바라보았다.

왠지 모르게, 그의 눈이 서녘을 향하고 있었다. 마치
세상이 서쪽으로 기울어지기라도 한 것처럼.

"……."

그러나 장평은 고개를 돌렸다.

모름지기 일에는 순서가 있는 법.

천하를 논하기에 앞서 해야 할 일이 있었다.

세상만사를 제쳐 두고 해야 할 일이.

장평은 걸음을 옮겼다.

* * *

고서각은 늘 그렇듯 조용했다.

찾는 이는 없고 머무는 이는 차분하니, 오직 정적만이 고서각을 감싸고 있었다.

"흠흠."

장평은 헛기침을 했다.

그러나 안에서는 아무 반응이 없었다.

'자리에 없는 건가?'

장평은 쓴웃음을 지었다.

'아니. 그럴 리 없지.'

책을 떠난 남궁연연은 상상할 수 없었다.

장평이 조심스럽게 문을 열어 보니, 역시나 예상대로의 상황이었다.

"쿠울…… 드르렁……."

남궁연연은 책 더미 속에서 잠들어 있었다. 입에서 흐

른 침이 둥근 볼을 적셨고, 머리카락은 그 볼에 붙어 있었다.

장평은 미소를 지었다. 그는 세상모르게 잠든 남궁연연을 빤히 쳐다보았다.

그녀의 모습을 보고 싶은 마음이 절반, 단잠을 깨우고 싶지 않은 마음이 절반이었다.

'행복해 보이는구나.'

장평은 친한 사람보다 적이 많았다. 행운보다는 불행을 빌 때가 더 많았다.

그러나 남궁연연은 아니었다.

곤히 잠든 그녀는 혈색도, 기분도 좋아 보였다.

기쁜 일이었다.

장평은 조용히 의자에 앉았다.

남궁연연이 일어나길 기다리면서.

"으음……."

남궁연연이 눈을 뜬 것은 저녁 식사 시간이 다가올 무렵이었다.

봉두난발의 그녀는 배를 벅벅 긁으며 일어났다.

"흐아아아암……."

늘어지는 하품과 함께 기지개를 켠 남궁연연은 졸린 눈으로 주변을 돌아보았다.

일상적이고 익숙한 고서각의 풍경 속에서…….

"잘 잤소?"

……풍경처럼 앉아 있는 장평의 모습을.

"……?"

남궁연연은 눈을 부비고 볼을 꼬집었다.

그러나 장평은 그 자리에 앉아 있었다.

"……장평?"

"맞소."

"혹시, 꿈?"

"의심의 여지없는 현실이라오."

장평은 웃으며 몸을 일으켰다.

"다녀왔소, 남궁 소저."

"장평!"

남궁연연은 장평을 향해 몸을 던졌다.

장평은 두 팔을 벌려 그녀의 몸을 받아 안았다.

"왜 이렇게 오래 걸렸어?!"

장평의 품속에서 안 그래도 엉망이었던 남궁연연의 자다 깬 얼굴은 눈물로 엉망이 되어 있었다. 기쁨과 억울함, 반가움과 그리움에.

'먼지 좀 봐.'

먼지와 고서 냄새가 덕지덕지 붙어 있었다.

"해야만 하는 일이었소."

장평은 웃으며 그녀의 눈 밑을 손가락으로 닦아 주었다.

"그간 별일 없었소?"

"너 보고 싶었어. 매일매일."

남궁연연은 장평을 올려다보며 말했다.

"너는 나 안 보고 싶었어?"

장평은 거짓말에 익숙했다. 여심 앞에 무슨 말이 제일 달콤하게 들릴지 잘 알고 있었다.

"미안하오. 반쯤은 무아지경이었기에, 나 자신을 제외한 다른 생각을 하지 못했소."

그러나 장평은 거짓말을 하지 않았다.

남궁연연에게는 거짓말을 하고 싶지 않았기 때문이었다.

"뭐야, 그거. 치사해."

토라진 표정의 남궁연연은 장평의 가슴에 머리를 들이받았다.

톡.

"······."

그 순간, 장평과 남궁연연은 움찔했다.

촉감 때문이었다.

뼈가 이마에 닿는 촉감이 말해 주고 있기 때문이었다.

"많이 컸구려."

"응······."

그녀의 이마가 장평의 쇄골에 닿았다는 것과······.

〈약속해. 여기까지 닿으면, 나도 여자로 대해 주기로.〉

이젠 장평이 대답해야만 한다는 것을.

남궁연연이라는 '여자'가 장평에게 어떤 사람인지를.

(회생무사 9권에서 계속)